杀死玛丽苏

メアリー・スーを殺して

[日] 乙一 | 中田永一 | 山白朝子 | 越前魔太郎 ——著
安达宽高 ——解说
赵婉宁———译

北京联合出版公司
Beijing United Publishing Co.,Ltd.

目　录

CONTENTS

part one　可爱的猿猴日记 1
乙一

part two　山羊座的友人 17
乙一

part three　宗像君与钢笔事件 91
中田永一

part four　杀死玛丽苏 137
中田永一

part five　无线对讲机 163
山白朝子

part six　某件印刷品的下落 183
山白朝子

part seven　夏娃·玛丽·克罗斯 215
越前魔太郎

作者简介 253

作品解说
安达宽高
1 · 17 · 91 · 137 · 163 · 183 · 215

part one 可爱的猿猴日记 | 乙一

乙一

愛すべき猿の日記

解说

在小说家乙一以往的创作中，通常都会参考电影剧本的写作方式进行构思。然而这样真的就是最好的吗？也许还是不考虑折点、中点这些戏剧创作上的问题，更加自由随性地写作比较好吧。受如此主张的编辑所托，完成了这样一篇刻意舍弃剧本理论的作品。或许正是在这篇作品中，才更加纯粹地保留下了以往被剪裁删改的思想。

（原载于《papyrus》2005 年 8 月号 创刊号）

感觉已经听了三十分钟的音乐，钟表的指针却没有移动分毫，此种现象在如今这个状态下时有发生，如同迷失于一个时间流走非常缓慢的世界中，而这样的感觉会一直持续到药物被完全排出体外为止。

那天的“通过仪式”持续了三十分钟左右。药衣在胃中溶化后，包裹其中的白色粉末便开始被身体吸收。排斥反应让我的胃暴跳起来。纯粹的肉体不快感。每当要转化为另一种状态时总会如此，重生理所当然伴随着疼痛与苦痛。急剧的变化令身体感到困惑和惊恐，但也只能咬紧牙关拼死忍耐着。“苦难总会过去。”我们都是喊着这句口号挺过来的。“通过仪式”就如同青春期一样。

当时我正和两位朋友一起看录像带，然而我甚至做不到正常地观看画面。“抱歉，我听，音乐。”我对他们两人说。已经无法组织语言了，所以只好用这种蹦单词的方法进行沟通。而且就在这个过程中，大脑里掌管语言的部分进一步退化，拜它所赐，我连什么叫“单词”

都不知道了。终于见识了学会说话以前的自己。没有语言的世界，简直就是婴儿的世界。

塞上耳机，打开音响。这期间，肉体的不快感已经平静下来。最能够确实感受到世界之美的，就是这个瞬间了。视线变成广角镜头。远藤刚和桐畑小百合一边看音乐录像，一边瘫倒在榻榻米上。

“没事吧？”

我摘下耳机问他们两个。桐畑小百合环视房间一周后说：“高桥君的房间啊，好像棺材呢。”

我的房间里摆设很少，电视、录像机、睡袋，仅此而已。我不看小说，大学时代的教材与漫画杂志一起堆放在榻榻米上。大学入学时借了这公寓的一间来住，与其说是房间，不如说是个空荡荡的立方体，这么一想，我们三个还真像是在棺材中。

手机收到了一条短信。我艰难地识别着上面的文字，是妈妈发来的。“小守，有没有好好上大学呀？我给你寄了快递。”

这条短信仿佛是塑料制品一般毫无生命气息。人际关系啊，自己的过去啊什么的全部都消失了。我变成了一个只承认眼前事物的、唯物主义的人。

玄关处响起了门铃声。打开门就看到“黑猫大和”物流的人抱着个纸箱站在那里。身体的感觉还是有哪里不对劲儿。“黑猫大和”的人让我在快递单上签字。

自己的名字。自己的名字。自己的名字是什么来着？哦，对，高桥守。

嘎吱嘎吱地磨着牙，同时用右手写下了名字。我的半个身子还留在那个没有记号的世界中。写字这件事难得头都要爆了。现在我大脑的状态跟人类史诞生以前的猿猴一样。“高”“桥”“守”，根本搞不清这几个字各自的含义，更不可思议的是，它们连接起来就能代表我这个固体。

千辛万苦在快递单上写完了高桥守的名字，向对方证明过就是自己后，我终于拿到了那个贴着剩余单据的纸箱。寄件人是妈妈。大概是两手环抱的大小，相当重。

回到房间后重新打量四周，只看到一片狼藉。刚刚还置身其中听着音乐感悟神之哲学的房间，此时就变成了垃圾堆。食物残渣、CD 盒与脱下的袜子散落在这个“棺椁”的各处。睡着的远藤刚和桐畑小百合相拥滚到了一边，万幸两人还是穿着衣服的。

箱子一打开，他们两人立刻跳起来凑到近前。里面放着的应该是老家自产的大米，另外还塞满了点心与杯面，仿佛在自我嘲讽“米这种东西便利店也有卖，根本不用特意寄啦”一般。我们三人把箱子翻了个底朝天，才发现最下面有一样用报纸仔细包裹着的东西。

“什么啊？”

远藤刚拿过去剥开报纸，里面露出一个脏兮兮的墨水瓶。梯形的瓶身，上面有一个小盖子，不但瓶子本身脏兮兮的，连上面贴的商品标签都带着一些污迹，感觉已经用了很久的样子。

“自你爸爸离去已经七年了……”

桐畑小百合不知何时翻出妈妈附在箱中的信，并且读了起来。我连忙从她手中把信抢过来。

在我十一岁时突然失踪的爸爸，终于于前几日成为正式书面上的死人，所以妈妈写这封信来知会我一声。

“这墨水瓶是怎么回事？”远藤刚摇着瓶子问道。

“我爸的遗物。”

我向他们说明了一下信里的内容。我爸爸原本是地方报社的编辑记者，箱子里放的就是他常用的墨水瓶，里面还剩了不少墨水，所以妈妈把这当作爸爸的死亡纪念品送给了我。

“墨水瓶是你爸爸从一位他非常尊敬的女作家那里得来的，他一直非常爱惜地使用。我想今后还是放在你身边吧。”

我把窗户打开，将墨水瓶扔进了眼前的一片田地中。

“你讨厌爸爸吗？”桐畑小百合问。

“他脑子有病。”

我关上窗户，假装看不见田里的墨水瓶。又过了两个小时，视觉上的变化才逐渐消失，然而肌肉里还残留着麻麻的感觉，以及些许头疼，不知道又死了多少脑细胞。我们三个人那天都没有去大学上课。他们两个是在第二天早上回去的。

房间里就剩我一人之后，首要的事情当然是打扫。没什么东西，打扫起来也非常轻松。打开窗户换空气的时候，我又看到了那个扔在田里的墨水瓶。如果被田地的主人知道是我顺窗户扔出去的，一定会大动肝火。这样一想，不由得害怕起来。我讨厌爸爸没错，但更讨厌惹怒别人。

我把墨水瓶捡了回来，扔在房间的角落里。之后我看了看电视，吃了泡面，盘腿在屋子里坐了会儿。但无论干什么，那个墨水瓶总会出现在我的余光中，让我心慌意乱。真麻烦。

本想扔进垃圾桶算了，可拿在手里又突然想到连瓶盖都还没打开过呢，于是拧开瓶盖往里面看装着半瓶左右的黑色液体。机会难得，不如用这液体写点儿什么。然而我的房间既没有毛笔也没有钢笔，还是去大学的小卖部买一支回来吧。买了漫画家用的那种钢笔头和笔杆，回家后组装在一起。这就是我的笔。把笔尖插进墨水瓶，浸入其中的液体内。在笔记本的空白处开始写字。感觉很好。想想这么难得还是应该写点儿有意义的东西，于是我打算写日记。第二天又去镇上的文具店买了日记本——一个封面意外高档的上等日记本。可是买好日记本反而更加纠结了。这么好看的日记本往房间里一放简直惨不忍睹，毕竟我的房间铺的是榻榻米。为此我买了书挡，就是那种两个一套从两侧夹住书防止书本倒下的东西。如此一来，日记本就在房间角落里立住了。可是书挡这玩意儿不放几本书的话也是不像样的。好死不死我买的还是那种靠书的重量来固定的类型，所以只有一个日记本的话连立住书挡都做不到。怎么办呢？对了！为了固定书挡，我去买几本书回来吧！于是我又去书店买了几本像样的书。读书这件事完全不在我的能力范围内，所以也不知道该买什么书好，只能向书店的店员咨询："请问，我该买点儿什么书好？最好是书脊好看点儿的……"店员面对我也是一脸困惑。最后买了几本精装书回家跟日记本并排放在一起，看着像模像样的，总算让我满足了。然而几天之后又开始觉得惴惴不安起来。一看到和日记本并列摆放的那几本书，就觉得它们仿佛在谴责我一般："明明都把我们买回来了，你却看都不看我们一眼。"似乎有这样的责难气息从书脊中散发出来。书本们的哀叹声此起彼伏。"可、可是我从来也没读过书啊。"我用这种一听就是借口的话向它们解释，它们自然是不接受的。百般无奈，我只能拿起日记本旁边的一本书。我这样的人真的能读书吗？读书那种事不是大人才能做的吗？我只有十八岁啊。我真的能看完这本全是字的书吗？满怀不安之情的我还是翻开了第一页，并且就这样读了整整一晚。读书真是有趣。平安读完第一本的我忍不住继续啃起了第二本、第三本，不知不觉就养成了读书的习惯。书挡内的书全部看完的时候，我又去了一趟书店。之前一起玩的远藤刚和桐畑小百合都对我的变化感到恐惧。在他们看来，我是脑子有病了。为了不惜一切让我回到以前的状态，他们从网上买了各种药丸给我，而我把那些药都扔了。我进入了沉迷于读书的时期。做那种事不就耽误读书了吗？这段时间，药物的存在对我来说已经非常淡了，当初误饮留下的感觉只存在于记忆中而再不会去碰实物了。于是，在日复一日的阅读中，夹在两个书挡中间的书从房间的一个墙角逐渐延伸到了另一个墙角。什么嘛，这样一来不用书挡，光靠墙壁也能夹住书了呀。即使如此，书籍还在持续不断地增加。书脊排成的队列已经绕屋一圈，并且开始搭建第二圈，在房间里画起了螺旋。这终于让我下定决心买个书架了。去家具城逛一圈还真找到了不错的书架，价格适中又能放不少书，正合我意。我当即买下，让店铺送货上门。书架送到的时候正值我那各种旷课的大学一年级课程全部结束、学校开始放长假的时候。我立刻摆好书架，把书本都码放上去。各种各样排列在一起的书脊令我心旷神怡，然而没过多久便又滋生出了另一种不满。无论书架还是上面排列的书脊都非常完美，而我的房间相比之下就显得无比寒酸。毕竟是房龄三十年的老公寓了，房租低廉的代价就是老旧的榻榻米处处塌陷，开裂的墙壁也到了必须翻修的地步。所以我下定决心花了一个月的时间寻找合适的房子搬家。搬进新家、躺在木质的地板上，内心感受就只有一个“爽”字。书柜被放置在房间里最为般配的角落，连帮我搬家的小哥们儿都忍不住赞叹墙壁的颜色跟书架非常契合。那是当然了。我就是以衬托书架为前提找的房子啊。综上所述，我在新家里开始了以阅读为主的生活，而这种充实感仅仅持续了一周。难得搬进了这么好的房子，家具却还是只有书架、老旧电视、录像机和睡袋。桐畑小百合说过的像棺材一样的状态还在持续。可就算我想置办些家具，也已经没有存款了。本来就是全靠妈妈给的钱过活，搬家之后必然分文不剩。于是我开始打工。最初一段时间是为了买床，在便利店做收银，给面包和点心上货，码架子上的便当。后来为了买冰箱和桌椅又做起了家教。这几年的中学生真是聪明啊，我这才发现自己连因数分解都忘了。当室内接二连三地被家具填满，终于创造出了真正令人神清气爽的空间，甚至在床旁边还放着书桌，有人居住其中的生活感扑面而来。而且每一件家具都与房间如此契合，无论从哪个角度观察房间都是如此美妙。不过家具齐整了，自然就会让人想要使用它们。往书桌前的椅子上一坐，竟然对学习产生了欲望。难得买回来一张书桌，如果不用来学习那也太浪费了。而且当家教的时候回答不上学生的问题也让我很不好意思，这么一想，我便开始复习高中的学业，同时也开始预习大学的讲义。想不到竟会如此有趣，曾经让我深恶痛绝的学习竟然也成了一种娱乐。我不但积极对待大学讲义，还硬拉着远藤刚与桐畑小百合一起去上课。起先两人也是烦得不行，完全学不下去，在我将所学的知识热心传授给他们之后，那两人体内学习的欲望也像觉醒了似的，开始主动向老师提问了。“我说，这该不会是谁的梦吧？或者是我的幻觉？”在我房间里一起复习准备期中考试的时候，桐畑小百合感叹道。这当然不是在做梦，也不是服药后的幻觉，我们只是因为某种契机产生了变化。在上过关于进化论的课程之后，我们三个人共同执笔写了一篇关于“唯实论”与“唯名论”的论文，还获得了教授的好评。在此无法详述论文的内容，大致来说就是关于猿类到底是在什么时候的哪个阶段进化为人类的。就拿猿类和人类在 DNA 上存在的些许差异来举例吧。DNA 由四种单体组成，分别是腺嘌呤脱氧核苷酸、胸腺嘧啶脱氧核苷酸、鸟嘌呤脱氧核苷酸、胞嘧啶脱氧核苷酸，这四种在书面上通常用字母代写为：A、T、G、C。无论是我们的体内，还是猫狗的体内，都潜伏着 AAGTATTGCCTGATACGCATC 这样的双螺旋长链。正是这种 ATGC 链决定了生物在身体构造上的差异。人类之所以成长为人类，猿猴之所以成长为猿猴，全部取决于这四个字母以何种顺序排列。这四个字母也可以说是四个记号。我们的身体便是被记号的排序所掌控。然而这就产生了问题。历史上在某个时间点发生了什么，让猿类的 DNA 序列变成了现在人类的 DNA 序列？在此，我们如果把猿类定义为“拥有猿类 DNA 序列的生物”，把人类定义为“拥有人类 DNA 序列的生物”，那么便不存在“猿类与人类的中间环节”这种东西。比如我们假定猿类的 DNA 序列中一部分是“ATGCAT”，而人类的是“ATGCTA”，那中间能有什么？不就没有所谓的中间了吗？有的只是数字式的不同，即 0 和 1 的差别，而很难定义出一个模拟式的中间环节。如果 DNA 序列决定生物的种类，那么从猿变化到人只是一瞬间的事。猿类成为人类仅需一夜之间，某只猿类妈妈就会生下人类宝宝，随后是人类漫长、傲慢、孤独的旅程。虽然细节上可能并非如此，但看起来就是这样。关于猿类与人类的中间环节在哪里的讨论，古往今来从没有停止过，只是眼下大学学业即将结束，要开始找工作了，我也就不再去想这些。而在找工作期间，我偶然整理书架时又发现了那本日记。让人惊讶的是我这几年竟然把这本日记忘得一干二净。翻开日记也只有什么都没写的一页页白纸，于是我使劲儿回忆当初是为了什么买的这个日记本，终于想起了墨水瓶和钢笔的事。是啊，父亲的遗物墨水瓶放到哪里去了？翻找一通，终于在一个搬家时放杂物的纸箱里发现了它。真是的，我都在干什么啊？于是我立刻开始写起了日记，继而发现这件事如此有趣。日常找工作面试和准备材料这些事写进日记里就感觉特别踏实。书写文字，编织语言，逐字逐句地看着自己记录的内容，就仿佛在看镜子中的自己一般令人羞愧。钢笔尖流畅的触感，搭配父亲遗留下来的墨水顺滑的质地，感觉如此美妙。而且从记日记开始，我在日常生活中也不由得时常自省起来，比如接到公司的面试通知赶往会场时，在路边看到了哭着说找不到家的小孩，就怎么也做不到装没看见直接走开。“今天，我对迷路的小孩视而不见。因为如果帮了那孩子，面试就要迟到了。”这种事怎么能写进日记里？将来读到这篇日记的时候会对自己非常失望吧。于是我牵着孩子的手走到派出所，并在那里陪他等到家长赶来为止。大人来得很慢，我一直陪着孩子玩，面试自然去不成了。看着身穿求职正装的男男女女路过派出所门口，我倒是也无所谓了，反正本来也没什么应聘成功的希望。最终，毕业后的我去了东京一家三流出版社。某天跑外勤的时候，突然被人叫住，我回头一看，一位年轻的女性正盯着我的脸。她的眼睛如此美丽，让我不由自主地紧张起来。“您在面试当天帮助过一个迷路的小孩吧？”被她这样问了，我却一点儿都想不起来，回忆了好久。“那种事还有人记得啊。”“当然记得了，印象可深呢。”那天她也和我一样去会场应聘同一家公司，看到了迷路的小孩却没有管，她在面试中一直为此而懊悔，回去的路上刚好在派出所门口看到了我跟小孩，因此印象深刻。“我面试通过了。”她现在就在那家公司上班，名字叫菜菜子。我们在那之后交换了联络方式并开始交往，又过了半年打算结婚。我带着菜菜子坐飞机返回九州的老家。菜菜子的紧张之情溢于言表，都坐在飞机座椅上了，还在念叨“怎么办啊，不知道会不会顺利啊”。妈妈和祖父笑盈盈地把菜菜子接回了家。婚礼在六月举行，一年后我们的小孩诞生了，是个男孩子，取名叫翔。我和菜菜子经常带着翔去公园玩。休息日一整天都在晒太阳、喝咖啡，然后回家，这就是最有意义的度过方式了。记日记的习惯一天也没有停过，为此瓶中的墨水不知补充了多少回。远藤刚和远藤小百合偶尔会来我家一起吃个饭。至于为什么小百合的姓不再是桐畑，这个我就不赘述了。他们两人之间也发生了各种故事，人生真是复杂怪异。翔学着站立并且第一次开口叫妈妈的那天，老家打来电话，祖父去世了。我、菜菜子和翔搭乘飞机前往九州，来到祖父安详的遗容面前。父亲失踪以后，祖父一直是妈妈的心灵支柱，所以我非常为妈妈担心，可她却意外开朗。“真的好像睡着了一样，完全没有痛苦。”妈妈在祖父面前双手合十。不知何时，妈妈的头发已经白了大半，令我暗自惊讶。小时候完全无法想象，有一天妈妈的头发也会变白。那天晚上连夜与菜菜子商量后，我向妈妈提出了自己的建议。是夜，妈妈坐在老屋廊下望着院子，我坐到她旁边说："妈，搬来和我们住吧。"妈妈看着祖父亲手打理的庭院，摇了摇头："我这个年纪已经没法去东京了。我想在这里终老。""您的心情我理解，但是……""小守，爸爸的墨水瓶你还保留着吗？""嗯。我在用。"妈妈满足地点点头。之后妈妈就开始讲关于父亲的事，从相遇到结婚，从我出生到他失踪，我一直在旁边听着。父亲在当地报社做编辑记者的时候，有机会结识了一位女作家。父亲以前就对那位作家奉若神明，墨水瓶是女作家当作纪念送给父亲的，他自始至终视若珍宝。据说父亲总是用那瓶墨水来写信。"他就是在消失不见之前把那个交给我的，说让我拿给小守。随后那个人就穿着拖鞋随随便便地出门了。"据说送墨水瓶给父亲的女作家在他消失的三天前去世了。妈妈闭上眼安静下来，大概是在想象父亲是不是去了他所尊敬的女作家身边。也许他真的是抛弃家人，选择了自己所憧憬的神圣所在。我把妈妈留在廊下，起身走回了菜菜子与翔住的和室。他们两人睡在同一个棉被里，两张合着眼的脸庞如此相像。为了不吵醒他们，我尽量轻地从包中取出日记本、墨水瓶和钢笔，开始写当天的日记。伴着桌上台灯的灯光，笔尖在纸上移动，不知何时菜菜子已经睁开了眼，盯着我的侧脸看。与我目光相遇后，她满脸幸福地摸了摸翔的头。我开始思考自己的人生，与她相遇的意义，翔出生的意义，母亲生下我的意义，父亲与母亲相遇的意义。心中有一种情绪涌上来，令我眼角发热。我意识到自己能够存在于此时此刻，实在是一种奇迹。现在，我的身边有菜菜子，还有翔，我们能够共享同样的时间，意义何等重大。翔，就是我出生的意义，是我未来的结晶。随后我又想起父亲，以前我对父亲有着种种憎恶，认为他是个为追求女作家而舍弃家人的愚蠢男人，然而这种感情现在也已经随风而逝。时间的风就是这样将尖锐的棱角磨平，现在的我只会和母亲一样慨叹“有什么办法呢”而已。而我开始用自己的笔书写文字可能也与此有关。我回想起了数年前的自己想要打开墨水瓶盖写点儿什么的那种瞬间冲动。我打开了墨水瓶盖，同时变得想要写字，想要编织语言。想写点儿什么的念头产生得如此唐突，简直不可思议。又或者，这是人类伴随时间流淌的成长过程中一种必然的结果。举例来说，就像使猿类画出猛犸象的那种冲动一样。为什么会想要画这个呢？让我来想象一下。想象着猿猴们“呜吼”“呜吼”地跳来跳去，打算把那种经常在雪原上出没的巨大的“那个”画在墙壁上，让朋友和家人都来看看。就是在那个时候吧，猿猴之间开始把巨大的“那个”从整个大自然中分离出来，单独定义，并给予它“猛犸”这个具有意义的名词，以及有意义的特定叫声。这就是文字的产生、语言的产生。正如某人所说，人类是为了理解自然而发明了名称和词汇等这些记号。“先有了语言”，《圣经》中这一节再正确不过。如果没有“猛犸”这个词，在雪原上来回甩动鼻子的巨大长毛的“那个”，也不过就同日月风光一样是自然的一部分而已。第一个作为人类把猛犸象画在石壁上的家伙，或许正是想从混沌的大自然中将独特的“长毛巨大的那个”单独提取出来展示给其他家伙看。原来如此。这跟出版书籍完全一样嘛。跟我和我父亲在公司所做的工作也是一样嘛。人类在自然中发现了种种价值，将之记述并发表出来。画下猛犸象的图形，与我们在出版界每天做的工作有什么区别呢？然而人类终究是进化到了现如今这样的高度，甚至对于我自己来说也是如此。如果还像以前那样颓废地生活，应该连日记都不会写吧，哪天脑子别了筋跑到马路上死掉也不奇怪。正是不肯半途而废地坚持下来才存活至今。对于人类发展史中的艰难在此就不做赘述，有几次真是几乎绝种的灾难。可即便如此，人类这个物种却在大地上延续下来直至今时今日。我将钢笔轻巧地蘸进墨水瓶中，黑色的液体浸染了笔尖。这是父亲所敬爱的神圣作家的墨水瓶。我正用那位素未谋面的人物所遗留的墨水在日记本中书写着一笔一画，而每一个文字都是我意志的象征，是我想要从混沌的大自然中提取出什么的意志，是我通过钢笔和墨水瓶所产出的文字，是我们人类自遥远的过去便持续不断生产的东西。生产、再生产、孕育、再孕育，如此延续下去，像文字联结起来装订成册而成了故事一样。翔，我未来的结晶。我们通过钢笔和墨水瓶源源不断产出的东西相互联结，最终又将形成何等伟岸的事物呢？不知道会不会有人读到这本日记。我不知道会不会有人来读这猿猴写下的日记，甚至不知道在无限的未来，这本日记会存续到何时，只是我无法不写下去，像那只猿猴画猛犸象一样，像达·芬奇创作《蒙娜丽莎》一样，像莫扎特谱写《安魂曲》一样。

part two 山羊座的友人 | 乙一

乙一

山羊座の友人

解说

一户人家的房子正好建在风道上，导致这家的阳台每每挂住奇怪的东西。由此展开了乙一的一个小说系列，而本篇便是其中一节。这一次，阳台挂住的是一张日期为未来的报纸。据说创作的动机来自近年的霸凌问题。顺带一提，本篇的主人公是一位少年，而系列中的其他作品都是由少年的姐姐担任主人公。本篇是唯一具有悬疑性和主题性的，其他几篇则是实验性更浓。

（原载于《浮士德》vol.8 2011 年 9 月）

- prologue -

一九八六年二月一日，一名初二男生，于父亲的故乡——岩手县盛冈车站大楼的购物中心地下卫生间内自缢身亡。发现他的是巡逻保安。地板上留有遗书。

一九九四年十一月二十七日，一名初二男生，被其母亲发现于自家院子的柿子树上自缢身亡。在他的房间里留下了写有“被抢走了钱”内容的遗书。

二〇〇五年九月九日，一名小学六年级女生，因被欺负而企图上吊自杀。经过抢救虽一时脱离生命危险，但并未痊愈，于二〇〇六年一月死亡。

二〇〇六年十一月十四日，新潟县，某初中二年级男生，被同年级学生欺负。当时男生哭着对同学小声嘀咕了一下。看到该男生没什么精神，班主任曾向其询问理由，男生只是支吾地回答说“没钓到鱼”“没关系”。当晚吃过晚饭后，男生便下落不明，晚上九点半左右其遗体被发现。未见遗书。

一九八四年，两名高中男生，因受到欺负而向多名老师求助，却未得到重视，反而因此在课间休息及午休时间被带到老师看不到的地方遭受多次殴打。欺负他们的男生在此简称为 A。

两名高中男生被 A 强迫在人前自慰，不服从就会遭受殴打，最终升级到在女教师面前露出下腹的程度。

十一月一日，晚上七时四十分左右，在公园的步行道上，两名男生中的其中一人用藏在口袋里的羊角锤，自后方击中骑着自行车的 A 的头部。两人用羊角锤对倒下的 A 进行了长达十分钟的持续殴打，拖行五十米后将 A 推入河中溺毙。

十一月二日，A 的尸体被发现时呈半裸状，只穿着贴身内裤和白袜子。

这是两名男生的选择。

不自杀。

相对地，为了自己生存下去而杀死对手。

就像我的同学若槐直人一样，没有对任何人提起，默默地做着准备。他身形消瘦而矮小，外表看上去还像个初中生，皮肤很白，眼睛又大，仿佛生错了性别一般的面容是他最大的特征，只不过如果真是个女孩子，说不定还会有人来保护他。

那一天，我刚跟朋友讨论明年的毕业旅行要去哪里，午夜零点刚过时，我还骑着自行车。而那个时候，金城晃已经不在这个世上了。

- 1 -

九月二十五日　星期四

按掉闹钟，拉开窗帘，一片耀眼的晴空。跟父母一起吃早饭时，我看到了电视里的天气预报。没有风，可谓和煦的一天，一直到晚上都不会下雨。回到二楼，换上高中的制服，去打扫了一下阳台。窗户一打开，风便从外面吹进来，卷起了桌上的笔记本。这倒也不能怪天气预报不准。如果在我家阳台上两手掬起堆积的落叶向空中抛撒，落叶就会被风卷着飞旋起来，仿佛吸进了遥远的晴空中一般。

我的家建在丘地上，从二层窗户眺望出去，能将整个小镇尽收眼底。建在高地斜面上的屋檐面向低处铺开，景致绝佳的同时也有一个问题——这所房子建在了风通行的道路上。即使是镇上大部分地区都无风的时候，我家的二层楼上也会莫名有风通过。看不见的空气在小镇上空流动，而我家的房子就像是把头探进了其中一样。忘记是何时听已经嫁出去的姐姐这样说过。

我现在的房间以前是姐姐住的，由于这些风，阳台每天早晨都会攒下大量的落叶，偶尔也有落叶之外的东西挂在阳台上，如照片、杂志、旧衣服或者毛巾，甚至有一些让人怀疑是外国的风吹到这边来的，毕竟只有这样才能解释那些英文报纸和朝鲜文的书。

比如前不久，落叶堆里就出现了一个本子，上面写满了没见过的文字。我拿给朋友本庄望看，结果她也不认得。我们又问了外语知识丰富的老师，得到的回答是在地球上过去所有的时代里都不曾存在这种文字。那么，这个本子到底是什么呢？又是从哪里来的呢？

曾经还有一本小学的毕业文集卡在了阳台的栅栏里。老旧的封面上写的年份竟然是昭和[1]七十五年。简直莫名其妙。

说起来，大约一个月前，暑假期间的某个早上，阳台上挂住了报纸的一角。报纸被发现的时候已经过日晒雨淋，沾满了泥土，只剩下破破烂烂的三分之一左右，而且被水浸泡过，背面的字都透出来了，刊号部分完全晕开了，不过勉强还能看出日期。

年份是今年，十月二日出版。

一定是我眼花了。怎么可能会有今年十月的报纸挂在阳台上呢？

现在可是暑假，是八月啊。

换句话说，有张两个月后的报纸挂在了我家阳台上。

我用吹风机吹干了报纸，然后细看，上面有一篇报道的标题是《山羊的去向》，似乎是九月三十日东京都内动物园发生了山羊出逃事件，一只逃跑的山羊误入驹入车站后迷了路。山羊在搭乘十六时十七分发车的山手线外环电车时才被保护起来。目前那只山羊已被安全送回动物园。

如果当真是今年十月二日发行的报纸，那么这上面写的就是即将

1 “昭和”是日本天皇裕仁在位期间使用的年号，合共六十四年。

发生的事情。姐姐还住在家里的时候也说过，在阳台捡到的信件上带着几个月后甚至几年后的邮戳。怎么会有这种事呢？难道这条风道在天空中异常高远的某处，连接着另一个世界吗？

残余的报纸上，还有一条同样让我很在意的新闻。内容是关于某个杀人案的。然而出现在如此超现实的报纸上，杀人案也显得不那么真实了。

“松田君，京都和雪山你喜欢哪一个？”

“京都吧。”

“明年要是去京都就好了。”

午间休息的时候，我跟本庄望在教室里聊天。我们的座位在教室后排的窗边。我在前面，她坐我后面。如果我们的身子靠在窗边脸朝外坐，就正好是隔着桌子并列一排，就是这样的位置关系。

“我猜明年是滑雪啦。”

今年是京都的话，明年去滑雪的可能性就很高。根据过去的统计数据推测的话就是这样。

“有的学校还可以去澳大利亚呢。”

“从领队老师的角度来说，滑雪当然轻松了。周围都是雪山，不用担心学生偷跑出去。而且滑雪那么累，也就没有体力干坏事了。”

“就因为有人偷跑出去干坏事，所以选雪山？”

“谁都希望省点儿事嘛。”

“为了那些人而让我们这些老实的学生背锅吗？”

本庄望对着喝光的盒装牛奶吹气，把盒子吹得圆滚滚的。从昨天起，二年级学生已经陆续开始去修学旅行了，不知是不是因为这个，楼道里来往的人明显少了很多。

“最近怎么样？又捡到什么奇怪的东西了吗？”

“我家阳台？”我稍微想了下，摇了摇头。

“你刚刚犹豫了一下吧？”本庄望推着银框的眼镜问我。

“错觉。”

其实刚刚有一个瞬间，我的大脑里蹦出了八月捡到的那张报纸。不过，那并不是最近的事，所以也不算骗她。

“遇到麻烦事的话要跟我说噢。”

我家建在风道上的事她也知道。说到底，我跟她熟识起来，也是因为高中入学那天挂在阳台上的奇妙漂流物。就在我为如何寄管漂流物而无所适从的时候，她主动过来跟我搭话。顺带一提，那件漂流物，是一条狗。从那件事起，我们就经常一起聊天，在教室碰到了打个招呼，休息时间聊一些日常话题。如果发现了什么珍奇的漂流物，我总会告诉她，然后一起琢磨这是怎么回事。大概是闲得没事做吧。她总是一副对漂流物的话题兴致勃勃的样子，看起来是把我家阳台当作喜剧制造器了。

顺便说一句，我们两个并不是男女朋友的关系。她平时在校外都做些什么，我根本不知道。而且她过剩的正义感经常让我有窒息的感觉，她对一切不正当行为都异常敏感，无论是翻录音乐 CD 或者电影 DVD，还是用模拟器玩 SFC 的游戏，在她看来都是不可原谅的行为。这样的人确实很适合做班长，跟我那个嫁给了警察的姐姐一模一样。而且本庄望的成绩也不是一般地好，按说她应该能考上更好的学校，不知为何会来我们这边。

“本庄同学不戴隐形眼镜吗？”我吃着从小卖部买来的饭团问道。

“怎么了？”

“没什么，就问问。”

本庄望托着腮看向我：“松田君，你喜欢不戴眼镜的吗？”

“啥？”

“问你是隐形眼镜派还是镜框眼镜派啦。”

我把嘴里的饭团使劲儿嚼了几口咽下去：“为什么会问起我的兴趣？”

“说的也是哈。”

她又开始向盒装牛奶里吹气。

我抬头看了看窗外的晴空：“今天晚上好像会下雨，听说是雷雨。天气预报说的。”

“真的？”

“今晚不打算出门了。”

“便利店也不去了？”

“本庄同学最好也不要出去了。”

就在此时，嘈杂的教室突然安静了下来，大概是金城晃走进来了，他的登场令教室内的温度骤降。

对我们这些平凡的学生来说，金城晃就是怪物。

金色的头发听说是高中入校之前刚染的。他总是跟一个叫高木洋介的二年级学生混在一起，好像两人初中时就有来往。后者外貌上倒很普通，初见之下还看不出是不良少年，大概除了彼此也不会有其他人跟他们亲近了。

金城晃一进来，我立刻觉得呼吸困难，紧张得腋下都要渗出汗来了。没有人看他，因为绝对不能跟他的视线接触。听着他的脚步声在教室里移动，所有人都暗暗祈祷他不要走向自己，同时又要密切留意他的动向，以免自己的身体挡了他的路。这是这间教室中的生存法则。

我以前被金城晃撞到过。当时我正隔着桌子跟朋友说话，我站在两列桌子中间的狭窄通道上，金城晃直接用肩膀撞开我走了过去。那种撞开障碍物的用力方式，好像他是一只没有感情的恐龙。身体碰撞的时候，能透过衣服感受到的坚实肌肉，还有男用染发剂夹杂汗臭的恶心气味，这些都清晰地留在我的记忆中。

据小道消息说，金城晃在初一时也遇到过霸凌事件。往身上扔学校配餐的食物，用记号笔在课桌上写字，等等，不过那时他是受害的一方。而到了第二学期期末，他爸爸因交通事故去世了。直到那个学期结束，他都没有再来学校。寒假结束，进入第三学期，他才又在教室里露了面，只是他的样子跟以前完全不同，把同班同学都吓了一跳。他的眉毛全部剃光了。一个曾经用食物扔他的男生那时马上跳出来嘲笑他。结果金城晃面无表情地走到男生近前，掏出了藏着的小刀。

围绕金城晃有着很多令人不舒服的传闻，比如来当实习老师的女大学生，某天开始突然就不来了，还有邻镇的女初中生轻生，据说都是因为他。不过由于家属没有报警，传闻的真假也就无法判断了。

升入高中后，他盯上了一个叫若槻直人的男生，将那男生当成自己打发无聊时间的工具。金城晃管他叫“男女”。只能说若槻直人的运气实在太差了，迄今为止一直过着老实本分的日子，高中入学没多久就被强迫喝下兑了金城晃尿液的橘汁。金城晃和二年级的高木洋介把他夹在中间，若槻直人只能铁青着脸屈辱地服从他们的命令。而我和大多数人就仿佛没看见他们一样，装作天下太平，刻意强调这间教室内并没有发生什么特别的事情似的，继续聊着闲天。绝对不可以扯上关系，我们都害怕稍微反抗一下就会刺激到那头金发怪物的神经。如果被他当成下一个目标就死定了。为了避免进入他的视线、避免被他注意，只有藏头缩尾、小心谨慎地生活。我们只是渺小无力的凡人，没有那种能够帮助被欺负的同学的超能力或者神秘道具。就算若槻直人被强按住脱掉了内裤，为了自保，我们也只能拼命忍住不闻不问。

同时又为此而痛苦着。

为了那有过的对绚烂多彩而愉快的高中生活的幻想而痛苦着。

我是在深夜过了零点以后遇到若槻直人的。虽然白天还在本庄望面前装出一副为要不要外出而为难的样子，但深夜的便利店是非去不可的。一来晚上下雨这事本就是我编的，二来要赶着买新上架的《周刊少年》漫画杂志。不在杂志发售的第一时间看到最新漫画连载的话，我会纠结得整晚都睡不着觉。为此，我骑着自行车在夜路上飞驰。亮着灯的便利店仿佛一个发光的方块体，我买了漫画杂志和罐装热咖啡后再次走到外面，蹬上自行车往家赶。抄近路穿过商店街时，排在两边的店铺都落下卷帘门。夜风令人心旷神怡。

就在那个不经意间，寂静的街道某处响起了警车鸣笛的声音。我刹住闸，把车停在商店街的入口处，循声张望。警笛声似乎是从河岸那边传来的，两三千米的距离。这时，有人喊我的名字。

“……松田君？”

是个少年的声音，仿佛被冻得奄奄一息般微弱。在我和自行车的旁边是商店街牌坊，严重褪色，遍布铁锈与污迹，相当破旧的样子。牌坊与建筑物的缝隙间，有一块街灯照不到的黑影，单凭人类的肉眼很难穿透那样的黑暗。而声音也正是从那里传来的。

“那个，是松田君吧？”

“谁啊？”

我跨在自行车上，往声音传来的方向望去，黑影仿佛活物一般动了动，一个身形瘦小的少年露出脸来。街灯的光亮斜照过去，肤色雪白的少年有着会被误认为是女孩子的面容，下颌尖细，眼睛很大。

“若槻君？”

“嗯。”

说起来，这还是我们第一次说话。在此之前，我连一声招呼都没跟他打过。能够不对他的状况视而不见，甚至敢跟他说话的，在我们班上也只有本庄望而已。

“这么晚了，还能遇到同学，好巧啊……”

若槻直人一边说着，一边从商店街的牌坊旁走了出来。街灯只能照亮他的右半边身子，左侧的手脚还都在漆黑的阴影中。他的头发也是纤细而柔软的，那样的发帘现在却紧贴在额头上，细看之下才发现，汗滴一直从他的太阳穴流到了脖子，呼吸也像发高烧一样紊乱。

“你在这里干什么呢？”我问道。

“散步……吧。松田君呢？”

“去便利店买点儿东西。”

商店街前的马路上有车驶过，车灯照过来，揭开了盖在若槻直人身上的影子，露出从他左手中垂下的东西。

警车的鸣笛声不知何时停止了。马路上的车开走之后，四周再次陷入黑暗。

“啊，你在看这个啊，这个很好看的。”

长睫毛下那双比谁都大的眼睛望向我的自行车筐。他大概是在说那本《周刊少年》漫画杂志。

“若槻同学也看这个吗？”

“嗯。”

他答应着往我这边走了两步，左手拎着的金属球棒擦过路面，发出嚓嚓的响声。球棒上遍布凹痕，看起来已经不能用了，而且布满了黑红色的液体，甚至有一些看似毛发的东西粘在上面。

“这个，看的人挺少的呢。”

“毕竟不是《JUMP》和《Magazine》那种热门杂志嘛。”

“对吧。”

“不过，我以后可能看不成了。”

他遗憾地感叹后，便低头盯着球棒。如果没有刹住自行车就好了，如果不理会警笛声径直离去就好了。我这样暗自后悔，对方却一点儿都没注意到，反而将球棒举了起来。被血凝成块状的毛发掉在地上，发出湿答答的声音。

“有件事，不知道该不该问……”

“如果你想问这个，是金城君的血没错。”

毛发上没有沾到血的部分是金色的。

“是若槻君做的，原来是这样吗……”我自言自语道。

他歪了歪头。

“没什么，是我在自说自话。说起来，之后你打算怎么办呢？”

嚓嚓，他拖着金属球棒走了几步，朝向道路的前方。

“大概往那边逃吧。”

“看来是不打算自首了啊。”

“我是准备，过阵子，再说吧。”

警笛再次响起，应该是搜查再次开始了。站在我眼前的若槻直人和带血的金属球棒，以及这警笛声之间，必然是有所关联的。

“那，我也要走了。毕竟，不能给松田君添麻烦啊。”

“啊，嗯，加油啊。”

到底是加的什么油，我自己也说不清。

“再见。”他说。

“再见。”我说。

他迈开了步子。球棒有气无力地拖在身后发出令人烦躁的响声。这样下去很快就会被发现了吧。说不定到了早上，就已经被哪辆警车逮到了，或者会被人发现然后报警。不过这都与我无关。放任他不管就行了，就像迄今为止一直做的那样。

我做了个深呼吸，将空气吸入，再吐出，然后朝着与他相反的方向蹬起了自行车踏板。速度加快后，夜晚冰凉的空气就变成了风，将车筐中的漫画杂志一页页翻卷起来。

才骑几下，我又捏住了车闸。

这是对他日积月累的亏欠使然。

不仅是我，班上其他的同学也是，大家应该都心知肚明，正是由于他的牺牲，自己才得以平安无事。

不是自己被盯上真是太好了，每天都带着这种想法度日。

就一眼，就回头再看若槻直人一眼吧。

回头看看，如果已经不见人影，就可以安心回家了。并不是为他忧心，毕竟他用那根金属球棒干了什么，不用想也知道。这么干被警察逮捕自然无可厚非。

不过，如果回头的时候，漆黑夜空下那个垂着肩膀的消瘦背影还在那里，就再一次叫住他吧。

即使已经到了这步田地，说不定也还有能帮上忙的地方。

好，就现在，回头看一眼。

一边如此对自己说着，一边保持跨在自行车上的姿势，我越过肩膀扭头向后方望去。

- 2 -

九月二十六日　星期五

不知是洗衣液的颜色，还是衣服上的污迹，灰紫色的水在转动的洗衣机中形成了漩涡，就如同九月二十六日阴沉的天色一样。风摇晃着树枝，把洗衣废水色的云自每家每户头顶拖去了远方。

走进教室的时候，事情显然已经传遍了全班。我假装毫不知情，加入了大家的讨论。

在我们居住的镇子北面有一条大河，大河与国道的交会处有一座矢鸭桥。正式的名称其实是琴叶桥，不过自从有人在那儿附近看到身上插着箭的鸭子之后，就通称为矢鸭桥，反倒是正式名称几乎没人再用了。昨晚，正是在那座桥下，发现了金发少年的尸体。

“据说就是金城没错。”

“若槻那家伙，胆子挺大啊。”

“欸？是若槻同学干的吗？”我试探着问道。

“那家伙似乎昨天晚上出了家门，然后就再没回去。”

“好像在现场还发现了他的自行车。”朋友们纷纷对我说着。

“若槻君也很不容易哪。”

“是啊。”

“若槻同学现在会在哪里呢？”

身后站起一个女生。我之前竟然没注意到那是本庄望，又盯着她光光的额头看了一会儿，才确定是本庄望没错。见我盯着她的脸看，本庄望慌忙说道：“你不要误会噢。”

“啊，嗯。”

昨天才聊过那样的话，今天就换了隐形眼镜，她大概是怕我误会吧。想不到只是摘掉眼镜，本庄望给人的感觉竟会有这么大的变化。这只能解释为在此之前我对她的认识就只有那一副眼镜而已吧。

“只是偶尔这样，我的眼镜不小心被踩坏了。”

“这样啊，那太糟糕了。”

“真的只是凑巧，所以你可不要误会。”

不是很懂她在担心什么。不过好在本庄望也很快加入了讨论，交换起各种情报。关于那个手持带血球棒、在深夜中徘徊的少年，其与若槻直人非常相像的外貌，以及至今还没有警察抓到若槻直人的消息。

正在这时，班主任一脸沉痛地走进了教室，宣布早上的班会开始。以“想必大家都已经听说了”为开端，班主任向大家说明了金城晃的死与若槻直人的下落不明。教室里坐满了人，只留下两个空着的座位，使它们变得更加显眼。

似乎是担心这件事对学生造成不良影响，班主任没上课就直接让我们回家了。一下变得这么自由，反而没多少人离开，大家聚在教室里继续聊个不停。

一名高中少年被怀疑是杀死了同学的嫌犯，并且目前在逃中，这样的事件通常都会引起高度关注。从教室窗户望出去，目力可及的范围内全都是媒体车辆。班上有人念叨着：“电视台会不会也来摄像啊。”一想到这个小镇上发生的事会通过电波传遍整个日本，就觉得太不可思议了。更不要说事件的起因就在这间教室。“教室”这片我所熟悉的狭小空间，一旦与外面的“日本”这样无限辽阔的范围切实地连接起来，想象力就有点儿跟不上实际发展的感觉，而将两者连接起来的，又是“杀人”这种异常事件。我把这样的感慨说给坐在窗边的本庄望听。

“一点儿真实感都没有……”

本庄望咬着薄而小的嘴唇，静静地看着窗外。不知是因为不适应隐形眼镜，还是在想这次的事件，她的眼睛微微泛红，马上就要掉下泪来的样子。

“你没事吧？”我有点儿担心，忍不住问她。

“这话该问你才对。从早上开始，你的脸色就不太好呢。”

“唉，毕竟发生了这种事。”

其实，那根金属球棒上黑红色的血液，以及其中的人类毛发，在我每次眨眼间都会出现于我的脑海中。我没有把遇到若槻直人的事告诉她，毕竟她是如此刚正不阿，一定会当机立断地报警，即便她也同情若槻直人。

我抓着书包站起来，本庄望跟上我准备一起离开。

在鞋柜前换鞋的时候，我问她："上次你为了若槻君去找老师时，不害怕吗？"

她看不过去若槻直人在教室里受的欺负，而跑去向老师报告。那时是期末，幸亏学校方面还比较相信本庄望的话。老师随即把金城晃与高木洋介，还有他们各自的家长都叫来学校，当面进行了批评。然而若槻直人的表情并没有因此开朗起来，那之后依然没有可以商量的伙伴，也还是会在放学后的时间里被金城晃叫出去，不是强迫他偷东西，就是找他要钱，而这些大家都心知肚明。

"你没想过这么做有可能会被金城和高木盯上吗？"

如果有人想护着若槻直人，肯定会被金城晃报复。那简直是疯了。

"可是，当时也管不了那么多吧。"

是啊，也管不了那么多，所以才有了现在这样的状况。

"如果能再多十个像本庄同学这样的人，多跟那家伙聊聊就好了。"

"只要再多一个人，就不会发生这种事了。"

她边走边斜眼看过来，我赶紧移开了目光，并不是人人都具备她那样的正义感。我不过是个平凡的、身无长技的、极其普通的归宅部[1]

1　日本中学的校园文化通常鼓励乃至督促学生加入各种社团（日文中称社团为"部"）。社团活动通常在下午放学后开展，而不属于任何社团，放学后直接回家的学生，被戏称为属于"归宅部"。

少年。

校门外挤满了记者，有几名放学的学生被他们抓住，用话筒指着进行采访，就是那种经常能在新闻节目中看到的情景。如此强烈的既视感，让人完全感觉不到真实，反而是这些画面再次通过电视荧屏展现在眼前时，才能让人彻底相信，多么奇妙。

“那，明天见。”

“嗯。”

我跟本庄望在校门口分了手。

坐上巴士后，我掏出手机看了看，上面都是妈妈和姐姐听说事件后发来的短信，内容自然是满满的担心。车停到了我家附近的那一站，我从车上下来，向坡上的家中走去，边走边犹豫要不要跟姐姐联系一下。姐姐的老公在警局工作，似乎还是精英分子，说不定能打探出一些搜查的进展，然而在犹豫不决间，我已经走到了家门口。

松田家的二楼，就耸立在小镇上空看不见的风的通路中，其本身却只是一座随处可见的独栋小户而已。至于阳台上经常挂住奇怪的东西这一超现实的设定，对于眼下这种令人窒息的状况，既无任何现实意义，也不能将这种闭塞感一扫而光。所谓超现实的幻想，本应是将人类从此类状况中解救出来的良药，只是这次恐怕不行。

开门进入玄关，说了句“我回来了”，果然没有回应。父母都去上班了。也就是说，我家白天是空无一人的。

上到二楼，走进自己的房间，掩着窗帘的房间略显昏暗。打开壁橱一看，若槻直人依然保持着与早上一模一样的姿势，双手环膝缩在里面，听着 iPod 里的音乐。察觉到我的出现，他才慢慢抬起头，把耳机摘了下来。

这位叫若槻直人的少年，无论容貌还是那瘦削的骨骼都宛若少女。即使妈妈现在就在家中，并且突然打开门冲进来，大概也只会误以为我带了个短发女生回来吧。无论手指的纤细度、微微歪头的时机，还是眼角、唇边露出的表情，全都如少女一般，再加上不错的长相，所以才总让人觉得他有点儿恶心。

带着惧怕天敌的兔子从窝里探头出来一般的谨慎，若槻直人从壁橱里钻了出来。早上我给他准备的瓶装水和点心袋还放在里面，水少了一些，点心却没有动。

“没有上课啊。”他看着墙上的时钟说道。

大约十二个小时以前，确认过父母都睡了以后，我把等在我家附近的若槻直人偷偷带进了门。他提着沾满污泥的鞋，悄无声息地上了楼。对于我会带他回家这件事，若槻直人似乎觉得非常不可思议。这是当然的，毕竟此前在班上即使碰了面，我也不会跟他说一句话。

“有什么异常吗？”

“就是那边时不时有什么东西敲打窗户的声音，噼里啪啦的……”

“那是沙粒打在玻璃上了，沙子被风刮得到处都是。”

平时大敞的窗帘此时拉得严严实实的，我把窗帘掀开一条细缝向外望去，清早没顾上打扫的阳台被落叶弄得一片狼藉。顺带一提，如果盯着这些落叶仔细观察一会儿，就会发现其中几乎包含了世界上所有植物的叶子。远处的道路上横排着疑似警车的车，虽然从那边应该看不到这里，但我还是慌忙地拉紧了窗帘。

“那台电脑能联网吗？”若槻直人指着桌上的笔记本问，“我可以用一下吗？想查一下邮件。”

电脑启动的时候，我不由得想到人在这种时候竟然还能想起检查邮件这种事。我让他坐在电脑前，自己则在床边坐立不安地担心他打开电脑里一些不必要的文件夹。

若槻直人用的是简单注册便可获得的免费邮箱，打开页面后直接输入 ID 与密码即可。就在即将登录的时候，我突然喊起来：“啊！等一下！”

他的手指就停在回车键上。

“还是别这么干吧，说不定会被警察发现你藏在这里。”

我们两人的电脑知识都很贫乏，但不能因此就小瞧警察的能力。也许他们已经盯住了若槻直人的邮箱地址，就等他检查邮件呢。只要登录一下，瞬间就可以掌握他藏身的地点。

说起来，他是带着手机的，不过昨晚已经让他进家门之前关机了。因为我看到过一些文章，说是非通话状态下的手机依然会向附近的基站发送信号。只要根据三处基站所接收的信号强弱计算一下距离，就能精确定位手机所在的地点。最保险的方法当然是干脆把手机扔掉，但我只是让他关了机。最近有些新手机在关机状态下仍然保留着 GPS 功能，不过他的手机似乎没这么先进，所以应该没事的吧。

若槻直人放弃了查看邮件，转而去新闻网站上看看事件的相关报道。打开门户网站的页面，他便叹了口气。他这件事的链接已经上了标题栏头条。

“应该会有很多人在看这个吧……”

他的脸色从昨晚就没有变过，现在也依然是马上要吐出来的样子。

任何报道都没有提到若槻直人的真名。新闻里说，被怀疑是犯罪工具的金属球棒，最终在路边的草丛里找到。已经尽力扔在不容易被发现的地方，然而还是一天就给找着了。

在网上浏览一圈之后，我让若槻直人先去洗个澡。

他洗澡的这段时间，我一个人在房间中，翻来覆去想了很多。虽然很可悲，但他果然就是那篇报道中所写的高中生。我从抽屉中把那张报纸的碎片拿出来。暑假的那个早晨，挂在阳台上的碎片。

印刷的日期是今年的十月二日。排除印刷错误的话，也就是会在六天后的未来发行。确认过若槻直人短时间内不会回来后，我抹平了报纸的皱褶，重新读起这篇已经看过无数次以致熟记于心的报道。如果把山羊那篇报道算作报纸正面，那么这篇则是印在了报纸的背面。

报道中所写的地名正是我居住的地区。本来我还想着距离这么近的地方怎么可能会发生案件，结果就真的发生了。昨晚，在商店街的入口遇到若槻直人时，我所感慨的正是“原来制造这起事件的人就是你啊”。

> 上月二十五日深夜，于 ×× 县 ×× 市发生了一起高一学生被害事件，作为该案件的嫌疑人员而接受调查的高中生（十五岁），昨晚在 ×× 警局厕所内上吊自杀。在此之前，其刚刚承认了杀害同年级学生的罪行。

“想知道详情的话，去问问小梢的老公不就行了？”爸爸说。

“不行啦。人家那么忙怎么好意思。”妈妈说。

“那个叫若槻的孩子，到底藏到哪里去了呢？”爸爸说。

“该是逃到别的县去了吧。”妈妈说。

“……”我说。

父母和我围坐在餐桌旁边，中间是盛满可乐饼的大盘子，这是妈妈打完工回家时顺路从商店街买的。电视里正演着综艺节目，但谁都没有去看，话题始终是那个事件。

“死掉的那个孩子，听说一直在欺负人，真的吗？”妈妈问我。

正想着怎么回答，二楼突然传出了响动，像是一摞书被人撞倒的声音。所有人吃饭的动作都停住了，父母露出惊异的神色，因为这时的二楼应该没有人才对。

“可能是窗户没关好。”听我这么一说，他们都转为原来如此的表情，继续聊起了别的话题。

等到深夜，父母回卧室了以后，我从厨房拿了几个晚饭吃剩的可乐饼。若槻直人道过谢后咬了几口，但也只吃了半个就放下了。他洗澡之后换上了我的T恤，可惜尺寸不合适，肩膀和袖子都大出来一截。而他自己的衣服已经用垃圾袋装好藏进了壁橱里，必须等到有机会时再偷偷处理掉。洗过澡，他的表情总算放松下来，开始聊起漫画、游戏之类。这样一来很快就让人忘记了他纤细的手腕曾将金城晃暴打致死的事实。

调小音量，在电脑上看了会儿动画，又浏览过他推荐的网站。我们用连接电脑的电视机顶盒打开一个新闻节目，评论员正在讲若槻直人的事件，题目是《十六岁的犯罪》。

“我还算十五岁啦，因为是十二月生的。”他盯着画面说道。一定因为是高一学生就被归在十六岁人群里了。

“十二月出生的话，是射手座？”

“山羊座[1]。生日是三十日。”

新闻播起了后续报道，播音员对着手中的稿子，读了两条警方的新发现。被害人在被球棒殴打后，又被菜刀刺中了胸口。警察正在追查一名作为重要嫌疑人的高中生的去向，此前，在其房间内找到了购买菜刀的杂货店收据。若槻直人在地板上抱紧膝盖，前后摇晃着身体。

我试着跟他搭话：“那个菜刀啊……”

“嗯。”

“是之前就计划好的？”

若槻直人在晃动中把脸埋进了双膝中间。由于身形太小，袖珍到仿佛能塞进纸箱封起来。跟他说话也没有反应，我只好关上电脑里的音乐，熄了灯钻进被窝。一片漆黑的房间里只有电脑还透着点儿光亮。不多时，他也爬上了壁橱里的床。好像哆啦 A 梦啊，我偷偷想着，那个猫型机器人也是睡在壁橱里的。而正因为想到了这些，当晚我做了个关于哆啦 A 梦的四次元空间袋挂在了我家阳台上的梦。

九月二十七日　星期六

咣当。一声闷响让我从睡梦中醒来，坐起身，揉着眼睛，环顾四周。清晨的阳光透过窗帘照亮了屋子，室内没有任何异常，是什么东

1　山羊座：又称为“摩羯座”。

西敲打窗玻璃的声音。

若槻直人也拉开壁橱门探出头来，看来刚才的响动也把他吵醒了。他一脸忧虑地望向我。

“刚才是什么？”

“应该是漂流物吧。”

拉开窗帘一看，堆积在阳台上的大量落叶之中，滚落着一个沾满污泥的物体。

“这边风力很强，你不要见怪。”

在伸手去拉铝合金窗框之前，我还特意提醒了他一声。然而只是打开一道细缝，狂风就高鸣着响笛吹了进来，若槻直人果然吓得抓紧了床垫。我把掉落在阳台上的东西拿了回来，是一件拧成团的运动衫，吸饱了水变得沉甸甸的。关上窗户后，风的声音便消失了，房间里又安静了下来。

“貌似是洗好的衣服被刮过来了。”

若槻直人战战兢兢地靠近窗边向外张望。

“台风？”

“这个家建在了风口上。”我把运动衫递给若槻直人。

“风刮来的？这种东西也能刮来？”他抖开运动衫，歪着头问我，“这是什么啊？怎么会有四个袖子？”

“残次品吧。或者，是从正常人都有四只胳膊的世界飞来的。”

“你是认真的吗？”

“说不定真是这样。毕竟，这边总会飘来奇怪的东西。”

“还有其他的？”

刚才那阵风正好把报纸的碎片吹到了若槻直人脚下。不，这个不行，给他看其他的漂流物吧。然而他已经顺着我的视线发现了报纸碎片，并把它捡了起来。

“啊啊，这个特别离谱……上面的日期居然是未来。”

若槻直人脸上的神情近乎钦佩。

“说到山羊啊……”

值得庆幸的是，他先看到了报纸的正面，读起了那篇《山羊的去向》的报道。

“因为是自己的星座，所以总觉得像是在说自己一样，这个山羊。”

“我在物理课上用天平的时候也会有些亲切感呢。”

在他准备看背面的内容之前，我把报纸碎片拿了回来。我觉得还是不要让人看到关于自己死亡的报道比较好。

楼下似乎有父母走动的声音。

“你在这边等着。今天开始我得表现得正常一点儿。”

把若槻直人留在房间后，我下到了一楼。今天是周六，学校放假，但是爸爸还得去公司，他们两人正为此做准备。

“哎呀，早上好。”

妈妈一脸惊奇。休息日这么早冒头放在我身上实在太少见了。吃过米饭和煎鸡蛋，家里的电话响了，是班主任打来的。

“说是如果知道什么关于金城君和若槻同学的事，一定要讲出来。”

接电话的妈妈转达了班主任的意思。爸爸出发去公司后，妈妈也开始做准备，她有事需要去亲戚家一趟。两个人要是都在家，我还比较发愁这个周六要怎么过，他们一起出门那就再好不过了。

“我可能回来得比较晚，晚饭你自己能解决吧？”

“嗯。我自己找点儿东西吃就行。”

目送妈妈离开，确认她不会突然返回后，我把若槻直人带到了一楼。让他吃了点儿剩下的早饭，又一起在客厅的大电视上玩起了游戏。考虑到游戏中用小刀与敌人搏斗的画面可能会让他想起用菜刀扎金城晃的事，于是放弃了《生化危机》。没想到刚玩几下《最终幻想》，又遇到了冬贝利，果然还是躲不开菜刀的回忆，这个也只能作罢。最终，我们俩就靠着《桃太郎电铁》度过了整个上午。午饭是我做的意大利面。若槻直人还是吃得诚惶诚恐，看起来食欲已经恢复得差不多了，但也没有吃完一人份，大概平时饭量就不大吧。吃过饭，他钻回我房间的壁橱里，盘着两条细腿看起漫画。特意选了这种地方，大概是待在里面比较安心吧。

平安度过了半天的时间，却在下午三点过后出了问题。当时我正在跟姐姐打电话。

“太好了，幸亏你没有卷进去。”

“姐夫他负责这次的事件吗？”

“不啊。不过我倒是听他说了不少。”

“比如？”

“说是有什么深仇大恨的样子，从伤口的情况来看的话……你跟那个叫若槻的孩子，有来往吗？”

“话都没说过一句。”我对着无绳电话的话筒满是悔恨地说。

“最近阳台上又刮来了什么奇怪的东西吗？”

“嗯。京子姐最近还好吗？你们有没有联络？”

京子姐是姐姐的朋友，在我生日时经常送游戏机给我，是个相当不错的人。

“还是每天无所事事的，听说工作也辞了。下次一定要狠狠揍她一顿。”

若槻直人突然从二楼走下来，自客厅入口处探出头来，一脸忧心忡忡的表情。虽然他现在的烦心事确实不少。

“那，以后再聊。”挂断电话，我转头看向他。

若槻直人惨白着一张脸说：“对不起，我好像……被附近的人看到了。”

细问之下，原来是他太好奇那个不断飘来各种物品的阳台，忍不住拉开窗帘看个究竟，完全没有注意到附近的主妇不知何时打开窗户出来晾晒衣物，等发现时那位主妇已经在望着若槻直人了。

“是瞥一眼的那种看？”

“是盯着看。”

“哪一家？”

“稍微往里一点儿。土丘的斜面上，再往下一家。”

“灰色房顶那家？”

“嗯。”

“是我妈的朋友。”

不但了解我家的情况，还认识我的长相，一定也知道杀人事件的重要嫌疑人就是我的同学，大概很快就会想到我把犯人窝藏起来了吧？说不定已经给警察打电话了。正胡思乱想着这些，手中的无绳电话突然响起来。

“是警察吗？”若槻直人问。

我接通电话，把听筒贴到耳朵上。

“喂？”妈妈熟悉的声音响起来。

“什么啊，原来是妈妈呀。”在这个时间点打来，太吓人了。

“有没有好好吃午饭啊？”听起来电话是她从亲戚家打来的。

“我自己做了意大利面。刚刚还跟姐姐通过话呢。”

“她很担心吧？”

“她以前就爱瞎操心。我摔个跟头就急得要叫救护车，太夸张了。”

“有朋友来家里了？”

“嗯。你怎么知道？”

“主妇网络传来的情报。”

“那是啥，比推特还厉害啊？”

那位主妇并没有报警，而是告诉了妈妈。

“说是朋友，该不会是女朋友吧？我可听说有个女孩子在你房间里噢。”

我瞬间就明白了。

“啊……算是吧。”于是我故意说道。

“哎呀呀，这样啊！”

一旁的若槻直人满脸担心的样子。还不都是因为你！真想踹他一脚。不知何时起，他已经把自己的鞋拎在手上了。

“我八点左右回去，你等我回去做晚饭吧，想吃什么？让你朋友也留下一起吃吧。”

“不用了，他好像还有别的事。”

若槻直人已经从过道一路往玄关走去了。

“那就这样了。”

挂断电话，我冲到过道一把按住了若槻直人的肩膀，如同少女般纤细的肩膀吓得我赶紧松了手。

“你上哪儿去？”

“不知道。但是，这样下去会让你也惹上麻烦的……”

“会被抓住的。”

“本来也是要在什么时候让警察逮捕我的。”

他黑色的眼睛一眨不眨地盯着我。我能感觉到那是与恐惧或迷惘完全不同的意思，而且还真挺好看的。见我没有动静，他垂下目光，开始在玄关处穿鞋。

“即使被逮捕了，我也不会对警察说出松田君的事，就说我一直躲在野外。”

“如果被问到你这件衣服哪里来的呢？”

“说风刮来的……可能不行。离这里最近的网吧在哪儿？我想给一个人发封邮件。”

“要到车站那边才有。只是发邮件？那就用我的电脑发吧。”

我建议他注册一个新的邮箱地址，然后用我的电脑发。但这也不是万无一失的，虽然不知道他要发给谁，可万一那个人把邮件拿给警察看的话，也是很容易就能查明邮件是从我房间发出去的。

“这一点不用担心。”

“为什么你能这么肯定？”

“总之就是没问题。”

见他如此肯定，我把他带上二楼，让他坐在电脑前面。他在网上注册了一个新邮箱，开始写那封不知要发给谁的邮件。

当若槻直人发完邮件转过身来时，我这边也已经做好了准备。替换衣物和存折都放进了旅行包里，十月二日的报纸碎片也塞进了口袋。最后再把若槻直人使用完毕的笔记本也装到包里。

“有个建议，等天再黑一点儿时出发。我也跟你一起走。”

他脸上的表情似乎在问为什么。

没有明确的回答，我只是暧昧地笑了笑。不过我在心里已经打定主意，要把这家伙当成朋友了。

- 3 -

九月二十八日　星期日

好像睡了，又好像没睡，我从这样的假寐中醒来，看着眼前的电脑显示器。右下角的电子时钟显示现在是早上七点半。没有窗户，所以一点儿早上的真实感都没有。三个小时就这样不知不觉地过去了，看来我还是睡着了。

我缩在仅容得下一把躺椅的空间内，面前是电脑显示器和电视显示器、一个 PlayStation 2、一盏看书用的台灯以及油腻腻的食物菜单。正前方和左右两边是一米七高的隔断，后方则是一扇简易门。我在这个禁烟包间里已经待了六个多小时，这还是我第一次在网吧的刷夜包间里过夜。

钻出只能容纳一人的包间，我去卫生间洗了把脸，然后喝着饮料吧提供的冰乌龙茶，继续在网上收集情报。我稍微缓了口气，摘下座位扶手上的耳机重新戴好，接着看电视上的新闻节目。

没有其他大事发生，高一学生杀人事件理所当然成为热点话题。高中的校舍，发现受害人的矢鸭桥周围，电视中尽是这些让人眼熟的景物。若槻直人的真名当然不能出现在报道中，于是他在班上和校外受霸凌的事就成了采访的重点。

与若槻直人同班的男生也于昨晚失踪的事倒是还没有出现在新闻中。若槻直人换下来的衣服就那么扔在了房间的壁橱里，如果被警察发现，很容易就能想到我跟犯人在一起。

感觉到身后有人，我连忙回头看去。简易门的下半截无遮挡，能够清楚地看见那里站了个人。我摘下耳机，这才听到轻微的敲门声。

“起来了？”门开了一条缝，我看到了若槻直人的脸。

“嗯。你睡着了吗？”

“一小会儿。”

我们一直待在各自的包间里，已经几小时没说过话了。

“啊！”

他看着显示器突然叫出声来。画面上是我们高中的大门口，记者正拿着麦克风采访一名女生。构图上尽量回避掉了被采访女生的脸，但背景中的校门和从那边经过的人，甚至像洗衣废水颜色的阴沉天空，都被拍得一清二楚。居然没有模糊化背景，应该打电话去电视台投诉一番。而且巧合的是，有那么几秒的时间，本庄望从画面中横穿了过去。那个侧脸依然是几天前我在教室里见过的悲伤表情。同班同学的身影出现在画面中，似乎让若槻直人格外感慨。

“真是太对不起本庄同学了，”若槻直人小声念叨着，“那么维护我，结果却变成这样……”

付过两人的费用，我们走出网吧。太阳照得人头晕目眩，简直要晕倒了，车站前来来往往都是人，昨天傍晚离开家时我俩骑的自行车就扔在了停车处，等我们再回到镇上时它应该已经不在那里了吧。我让若槻直人等在建筑物的阴影中，然后一边小心着保安与监控摄像头的视线，一边将存折里的钱全部取了出来。压岁钱我一分都没花过，因此拿到了五张一万日元的纸币。前往高速大巴车站的时候，刚好看见前面有警察走过来，我们躲进附近的店铺，等警察过去了才继续往前走。

“要逃去哪里呢？东京？大阪？北海道？”

“东京比较好，感觉是这样。”

于是，我们决定逃去东京。

开始的一段路程中，去往东京的高速大巴被信号灯绊住，走走停停，等到终于上了高速路，速度才逐渐快起来。数小时的行程中，我跟若槻直人聊了很多。知道了我们两个买的人生第一张 CD 都是菅野洋子的电影原声，也知道了他正在看我一直都想看的那本科幻小说《龙之卵》。窗外的风景一掠而过，高速行驶的轿车和货车与我们行进的方向相同，看起来只是在道路上做着缓慢的前后移动一般。

“本庄同学很担心吧？”若槻直人望着与巴士并行的油罐车，小声说道。

“她平时就很关心你嘛。”

“松田君跟本庄同学的关系很好吧？”

“只是因为座位离得近，所以经常聊天，也没有好到哪里去。偶尔我们会聊聊漂流物的事。”

“本庄同学也知道啊。你家里那个风。”

我点点头，回想起了最初与本庄望相识的起因。

“第一学期刚开始的时候，我家阳台上刮来了一条狗。”

“狗？”

“这么大的狗。”我用手比画着向他说明。那天，早上一睁眼就感觉窗户外面有什么不对劲儿。拉开窗帘一看，在阳台上堆积的樱花花瓣之中，竟然埋着一条小狗。虽然风经常刮来各种各样奇怪的东西，但刮来活物还是太稀奇了。那家伙是一条茶色的柴犬，长得相当可爱。

“为了给它找个领养人，只好开始做告示，这时本庄同学过来跟我搭了话。”

你是在哪儿捡到这个小东西的?

刮到我家阳台上的。

阳台?

嗯。应该是被风刮来的。

跟她的这些奇怪对话，我记得一清二楚。

“从那以后，一有什么奇怪的东西刮到我家阳台上，我一定会告诉本庄同学。”

“我以前还以为松田君跟本庄同学是恋人呢。”

“我？和本庄？”

“因为经常看到你们聊天。”

“只是朋友而已。”

“我知道。因为本庄同学在跟佐佐木君交往。”

我第一次听说。看到我的反应，若槻直人一脸意外：“是不是不该说这个……”

“佐佐木君是谁？”

“三班的佐佐木君。”

“足球部的？佐佐木和树？”

虽然没说过话，但我对这个名字也有点儿印象。平时很聊得来的女性朋友有了男朋友这种事，感觉还真是微妙。就像上中学时，听到姐姐要结婚时的惊讶一样。不过话说回来，跟本庄望聊修学旅行，已经像是很久以前的事了。二年级的学生也都在修学旅行中听说了这次的事件吧。而我明年还能平安无事地去旅行吗？说不定这已经是种奢望了。

午后，高速巴士到达了东京站的停车点。

“那么，接下来去哪里？”

“对了，要不要坐一下山手线？反正那么有名，对吧。”

坐上山手线，首先到了涩谷，人真的多到爆。只在电视上见过的高楼大厦就耸立在眼前，而且万万想不到里面竟然是茑屋书店。我们像索利德·斯内克[1]那样一边躲避警察一边逛街，白天在书店里看书消

1　索利德·斯内克：著名战术谍报游戏《合金装备》系列的主角之一，被誉为“使不可能成为可能的人”。

磨时光，晚上去网吧过夜。这家网吧不但可以洗澡，还有洗漱套装卖。脏衣服脱下来塞进了旅行包，然后换上从家里带来的干净衣物。晚饭就用水吧的免费冰激凌代替吧，还可以补充糖分。这里的单人包间是脱了鞋才能上去的平台式，里面有坐垫。我盘腿坐在其中，数了数钱包里剩下的钱，如果一直在网吧包夜的话，应该足够我们两人当一阵子网吧难民。深夜，我刚刚睡着的时候，听到隔壁若槻直人的包间里传来吸鼻子的声音。我一直犹豫着要不要出声问问他，最后还是装作没听见算了。

九月二十九日　星期一

明媚的阳光中，涩谷车站前的十字路口被人潮淹没。我们坐上井之头线，准备去终点的吉祥寺站看看。吉祥寺这个地名对我们来说非常熟悉，我们喜欢的漫画中经常提到那里。在某本漫画的附页中，还描写了住在那里的漫画家的日常生活，而且著名的动画工作室4℃不就在那条街上嘛。

由于连续几夜住在狭小空间内，全身的肌肉都变得僵硬了，而由于睡得很浅，精神也感觉越来越疲惫。我们打着数不清的哈欠穿过检票口。电车内全都是人，从公司职员打扮的人，到看起来是玩音乐的人，甚至读着剧本似的东西的人，各种各样。我想象着这些人在东京生活的样子，又不由得想到在他们眼中的我们会是什么样。如果他们知道，坐在我旁边的少年就是新闻报道里高一学生杀人事件的犯人，一定会大惊失色。对他们来说，电视里讲的故事竟然化作实体出现在自己面前，大概会露出看到怪物一般的表情吧。

“从教室的窗户看到街上电视台的车时，我就有过这种感觉，太没有真实感了。”

“电车车窗外的风景也是，说不定全都是一场梦。”

“金城君已经不在世上了，这件事是真的吧。”

“嗯。我用手摸过了。”

电车通过了一片植被茂密的区域，晴空万里，刺眼的阳光与婆娑树影循环交替，令我睡眠不足的大脑感到阵阵麻痹。

“金城君，为什么要做那种事呢？”若槻直人说。

“那种事是指？”

“在这里不方便说。”

我偷瞄着他的侧脸，如同陈设在美术馆的白色陶器一般，比起少年，他更像一位少女。这让我不由得想起那些关于金城晃的不好传闻——来实习的女大学生突然不再来的事，邻镇的初中女生自杀的事。

“有一次，金城君命令我杀死了一只猫。”

抓来的猫脖子上还戴着别人家的项圈，被反复折腾各种折磨。金城晃塞给若槻直人一把剪刀，然后命令他对猫下手。一起跟来的高二学生高木洋介似乎觉得这很恶心，所以满脸嫌恶，但金城晃则像个观察者一般，眼睛就没有离开过那只猫。

“感觉是要实验看看做到什么地步才能把动物弄死，他脸上的表情很专注。最后，那只猫用空洞的眼神看着我，似乎是想对我说：杀了我吧。我觉得它最后也就剩下求死的心了。直到那天早上还受着主人的疼爱、过着平常的生活，它应该完全没想过自己会死在今天。为什么金城君要做那种事呢？”

电车行进中的响声与摇摆令人放松。内心被如此恐怖的话题充斥，身体却沉浸在阳光满溢的车厢中。闭着眼睛，依然可以透过眼睑感觉到树荫与光线的交替。光芒之中眼睑上的毛细血管透出来，一片橙红中隐约可以想象到那些像树根一般蔓延着……然而转瞬又是一片黑暗。每当这种时候，就会感觉到自己的意识透过肉体接触到了这个世界，而肉体已经毁坏的金城晃，再也不能这样做了。说不定他也感受过，那种缺乏真实感的处境，无论做什么都没有切肤之感，也许他一直都生活在这种处境之中。

“说起来，我去自首吧。”若槻直人像是突发奇想似的说道。电车刚刚到达吉祥寺站，正慢慢地滑进站台。

“不过在那之前，我有个提议。逃跑的山羊那件事，就在明天吧？”

动物园的山羊逃跑出来，在驹入站迷了路，最后坐上了山手线。

新闻的碎片上写着这样一篇报道。

“难得都已经到东京了，不如我们去看看是不是真的有这件事吧。”

“这个嘛，倒是也行。”

“嗯，决定了。看过山羊之后就去自首。”

下了电车，随着人流移动，不知不觉就走到了叫井之头公园的地方。四周耸立着巨大的树木，让人感觉非常舒适。我们坐在长椅上，望着往来于湖面的天鹅形游船。井之头公园对于我们来说当然也不陌生，记不清最先是从哪个媒体上知道的这个地方，电视还是漫画。此前还只是个出现于资讯中的名字，如今却能置身其中，多么不可思议。掠过湖面的风擦着手腕，穿在鞋里的脚能感受到地面。啊啊，我是为什么会来到这里的？

“至少十月二日之前不要自首吧？”

“为什么？”

只要不在那天之前被捕，说不定新闻报道中的事就不会成真呢。不，所谓未来，本来就是不确定的吧？在我沉默不语的时候，他似乎说了些什么。

“什么？”

“我想起来了。‘十月二日就太晚了。’”他满脸不安地看着我。

“哎呀，这个好有趣，不错噢。是哪里的梗来着？我想想啊。”

不过，他是从什么时候开始有了自首的打算的？这与他在网吧发的那些邮件又有什么关系呢？虽然不知道他的邮件是写给谁的，但总觉得哪里不对劲儿。

“不可能一直逃跑，必须跟警察说清楚，我是怎么杀死金城君的。”

游船划过湖面，荡起的波浪被阳光照得闪闪发光。细碎的光芒映在若槻直人的脸上。我们两人不由得沉默下来。

我一直刻意回避谈论这个事件，不过那时却不知为何突然觉得或许应该问问他，也许正是由于刚才那一阵异样感觉。

“人真的是……你杀的吗？”

他的脸上浮出一阵自嘲似的轻笑：“事到如今怎么还说这个……”

“那可以给我讲讲那天晚上的事吗？”

“嗯，好啊。”

九月二十五日深夜，他怀揣着菜刀出了门。

“你说是金城君叫你出去的？”

“我在家里时收到了他发来的邮件。”

若槻直人拿出手机，启动了电源。似乎他拿定主意自首以后，就不在乎警察会通过信号查到自己的位置了。他打开邮箱把手机屏幕给我看。一封九月二十五日二十三点十四分收到的邮件呈现在我眼前。这是金城晃发出的最后一封邮件。

“十二点到琴叶桥下。”

若槻直人回复的邮件里则写着“知道了”。

“于是，你在这个时间去了桥下，并且看到了金城君……”

“我提前去了，早到了大概三十分钟，然后躲在桥下的草丛里。因为我想乘他不备时下手。”

若槻直人把自行车藏在草丛中，顺着堤坝上的混凝土台阶走下去。

“我在堤坝上看到了一根棒球棍，棍子上有好几处都瘪进去了。看到那个，我就觉得应该比我手里的刀更好用……”

更换了武器，我躲进桥下的阴影中，等待着金城晃的到来。

“金城君一边抽着烟，一边从堤坝上走下来。那时刚好十二点。”

烟头上那一点火，孤零零地顺堤坝而下。小小的红点一步步走下楼梯，停在河岸边。若槻直人凝神聚气地看过去，金色的头发在桥灯的映衬下若隐若现。水流洗过河边的石头淌向远处。若槻直人从草丛里走出来，对准金城晃的脑后，挥棒砸了下去，一共砸了五下，即使他倒下也没有停手，并且在最后，将菜刀插进了他的胸口。

有风吹过，井之头公园的树木摇晃起枝叶，发出沙沙的声音。这阵风让我想起了家里的房间。现在通过这里的风，也会在巡游天际之后，于某时某刻掠过我房间的窗边吧。

在若槻直人打算关闭手机电源时，我阻止了他，又一次看起金城晃发给他的邮件，并非觉得如何有趣，只是这封简短的邮件，总让我觉得有点儿奇怪。

“金城君管矢鸭桥叫琴叶桥啊？”

发现他尸体的那座桥，正式的名称是琴叶桥，不过自从有人在那边看到了被箭射中的鸭子以后，就被称为矢鸭桥了，无论出租车司机还是派出所的巡警，大家用的都是这个名字。而金城晃的邮件中写的却是琴叶桥，是他还在坚持使用这个名字吗？然而用手机打字的时候，显然还是矢鸭桥更方便些，比起输入“KOTONOHABASHI”（琴叶桥）来，输入“YAGAMOBASHI”（矢鸭桥）可以少按很多键。为什么要特意在邮件中使用麻烦的那个名字呢？是有固定词组所以一按即成，还是跟手机的型号有关呢？

“也可能没什么原因，就那样了。”若槻直人说。

“也是呢。”

并不是值得介怀的事。我关上手机电源，站起身来。

“那么，我们尽快逃离这里吧。”

手机的微弱信号说不定已经暴露了我们的位置。若槻直人伸了个懒腰。

“明天，看过山羊之后就去警察局。松田君也该回家了。跟我在一起的事还是不要告诉大家比较好，就说是离家出走好了。”

出了公园，我们走进吉祥寺车站附近的一家大型电器行的商厦内。这家店是全国连锁店，若槻直人在他家办的积分卡里存有价值几万元的点数。明天去自首之后，大概有段时间无法过正常的生活了，所以他打算趁现在全都花出去。我们去了卖游戏的楼层，他用那些点数买了 PSP 和好几个游戏。坐扶梯去往一层时，铺满大屏幕的电视墙上正在播新闻节目，这让我们停下了脚步。

播音员讲述着这个月二十五日深夜发生的一起高一学生杀人事件。除了作为重要嫌疑人的少年以外，另一名同班男生也从家中消失，去向不明，两人似乎是一起行动的。这些新闻被广播出来，传到了全国各地。

“没关系，不用介意，再说这也是事实。”

离开电视墙的时候，我对若槻直人说，他却还是一脸的过意不去。警察终于也开始找我了，在 ATM 机取钱的事应该已经调查过，监控拍下的录像也看过了吧。那天穿的衣服已经洗干净，但还是不要再穿了。如果警察已经查出我们使用了车站前的 ATM 机，一定会到那儿附近展开调查，然后就会收到情报说有人目击两名少年徘徊在高速巴士站台前。这样一来，也就不难查出我们到了东京的事。想着这些，就觉得四周保安和店员的视线变得可怕起来，脚步不由自主地就变快了。正如若槻直人所说，不能一直躲下去。即便躲到了东京，被抓住也是转瞬的事情。等我注意到的时候，自己的脸已经出现在巨大的电视屏幕上，还好这只是因为我们走到了录影摄像器材区，连接到电视上的展示用摄像头刚好对准我而已。

坐电梯到了一层，我们朝门口走去。现在非常想去个没有人的地方。这个区域摆满了各个厂家的手机，走过那些红色、白色和橙色的卖场，各种各样展示用的手机涌进我的视野。最近智能机的种类似乎增加了不少，但是我们班上大部分人用的还是那种“日式手机”。我记得金城晃的手机也是这种。

我想起了在井之头公园里看过的那封邮件。

有个念头从脑袋里冒出来。

我下意识地停住了脚步，站在原地。

店内嘈杂的音乐被隔绝在耳道之外，荧光灯亮得令人目眩。大批客人在我身边进进出出，若槻直人站在几步之外回头看着我。一种就要贫血倒地的眩晕充斥着我的全身。我彷徨地四下张望，希望有什么东西能证明我的突发奇想，又或者是否定它。

“你记得金城君用的是哪种机型吗？”

若槻直人不安地看着我：“机型？”

“手机的机型，是哪种来着？”

他指向旁边一个柜台上的平板机：“记不太清了，大概是这种。”

既不是翻盖式，也不是滑盖式，是直板电话。

“再确认一下，不是触屏式吗？也没有那种 QWERTY 字母键盘，就是很常见的日文按键样式吧？”

“嗯。不过，为什么问起这个？”

我摇了摇头：“没什么。我突然有点儿头晕，可能是受刚才那条新闻的影响。”

正好肚子也饿了，我提议吃点儿东西，就这样糊弄了过去。我们聊着天，走进旁边一家小餐厅，特意选了比较靠里、避人耳目的桌子坐下。对着菜单各自点过菜，等着菜上桌的空当，若槻直人拿出用点数买来的游戏，打开盒子看起说明书。

“我去洗个脸。”

这么说着，我离开了座位。进入男卫生间的单间，打开手机电源，很幸运地没有信号。这样一来，也就不用担心微弱的手机电波被基站捕捉到，然后确定这边的位置了吧。当然这只是我一个门外汉的想法。

我从手机里抄下了姐姐的电话号码，从卫生间走出来，走到了餐厅入口旁的公用电话前。若槻直人坐的位置被香烟自动贩卖机挡住看不到我。往公用电话的投币孔里塞进百元硬币，硬币立刻从退币口掉了下来。怎么回事？我心想。然后才搞清楚这电话是先摘话筒再投币的结构。如此说来，这还是我出生以来第一次用公用电话，毕竟科学进步手机普及了嘛。说不定随着智能机流行起来，物理按键会彻底消失呢。按下姐姐的号码，电话几乎是瞬间就被接起来了。

“喂喂？”

“姐姐？”

“是你啊！”

“没时间了，你仔细听我说。”

“等等，你现在在哪儿……”姐姐显得非常慌乱。

“我没事。不是被人胁迫，我是自愿跟来的。就是有件事想拜托你。”

我从自动贩卖机后面探出头，往若槻直人坐的桌子那边看去。他依然沉浸在 PSP 的说明书中。

“能不能拜托姐夫，帮我查一下警察那边的资料？如果能帮忙的话，我就告诉你我们现在的位置。”

能够感觉到姐姐犹豫了几秒。

“你想知道什么？”

“是关于金城君随身手机的制造商和形状，还有想确认一下数字键，有没有弄脏或者损坏之类。”

“数字键？”

“特别是‘8’这个键。如果已经坏掉了，想查一下是什么时候坏掉的。”

“知道了。”

“要逮捕若槻君吗？”

“作为重要的嫌疑人，肯定是要限制他的活动。”

“还有想知道一下金城君尸体的情况，死亡时间是什么时候。”

“这不是你该打听的事。”

“真的很重要。”

姐姐在电话那头叹了口气：“话说，若槻君现在怎么样？”

“一般吧。刚才说的那些，什么时候能有答复？”

“等到晚上吧。”

“那晚上我再打过来。相信我，不要来查我的位置。我马上就能搞清楚一件非常重要的事了。”

跟姐姐联络就是赌博。说不定警察已经算准我会打来电话，而监听姐姐的电话。不过结果是值得庆幸的，警察并没有冲进店里来。

“不要担心。再见。”

简短地跟姐姐道别后，我将公用电话的话筒挂了回去。

从餐厅出来后，我们自吉祥寺向中野移动，只为了看一眼中野百老汇商店街，就这么简单。据我们所知，那边有许多面向动漫迷和御宅族的店铺。有个去过东京的朋友跟我说：“那里是东京最深不可测的地方，简直就是魔窟，绝不能长时间停留。如果长期待在那里，脑子就会变得奇怪，再也出不来了。”给我留下了很深的印象。

到达中野百老汇的时候已经是傍晚了，街上挤满了放学回家的中学生。说是“到达”，其实并没有具体的界线，在站前商店街上走着走着，不知不觉就进入了建筑物的内部。从一层坐上电梯，下电梯时竟到了三层。我们一边逛着铺子一边顺着细窄的通道前行，结果却在原地打转。老旧建筑的墙壁、地板、味道，所有一切都散发着诡异的氛围。想到东京竟然有如此神奇的建筑，“魔都·东京”的字样立刻浮现在我的脑中。走在摆满同人志的店内，与身穿 cosplay 服装的店员擦肩而过，这些让我和若槻直人无数次地感叹：“东京竟然有如此奇怪的建筑啊！”

到四层就没有人了，许多店铺都关着门。顺着通道走到最里面，是一扇如同侦探事务所一样别具风味的门，上面贴着“因故闭店”的告示。锁好像是坏的，轻轻一推，门就开了。熄着灯的室内一片昏暗，却有月光自天井的窗户淌下来。中野百老汇内部几乎没有窗户，以致我都没有发现外面已经是晚上了。

这里原本似乎是家咖啡店，店内摆着好几张桌子，还有沙发和木质长凳。地板上积了薄薄一层灰，看起来很长时间没人走动的样子。这间屋子的房东今晚出现的概率会有多大呢？手指擦过桌面，传来一阵粗糙的触感。我们在堆积的纸箱里找到了毛毯，若槻直人睡沙发，我睡长凳。实在已经住够网吧了。

深夜零点，若槻直人熟睡的呼吸声传来，在确认他睡着了以后，我穿上鞋子走到屋外。公用电话在三层中庭的旁边。拿起话筒，投进硬币，按下了姐姐的手机号码。姐姐的报告是从尸体开始说起的。

“根据司法部的解剖结果，死亡时间推定为二十二点半至零点半之间。不过二十三点以后发过邮件，所以应该是在那以后被杀的。”

死亡时间是根据尸体温度、尸僵程度、尸斑、角膜浑浊度这些现象来推断的，但还是无法确定准确的死亡时间。因此通常不只根据尸体的状态来判断，例如口袋里买东西的收据等也会作为参考，来缩小遇害时间的推断范围。而这回决定使用被害人手机中保存的发件记录来判断死亡时间。

“若槻君说一共用球棒砸了五下。”

“嗯。被棒状物体殴打的痕迹一共五处，应该是死后才在胸口插了一刀。”

“手机的事呢？”

“这你可要好好谢谢我了，好不容易问出来的呢。”

金城晃的手机正如若槻直人所说，是直板的，并且没有任何损坏的地方。姐姐跟我说了厂家及型号。我把这些都记了下来。

“然后……”

“什么？”

“数字键‘8’上面沾着血。”

经鉴定是属于金城晃的直径两毫米的飞溅型血滴，附着在数字键“8”的正中央。

“手机掉落在尸体旁边，可能是被打时正拿在手上，或者是从口袋中掉出来的。”

我想象了一下。球棒落下，击中了金城晃的身体，血液飞溅出来，其中一滴沾在了掉落地面的手机上。

“那滴血没有被擦或者被蹭过的痕迹吧？”

“嗯。你怎么知道‘8’键有问题的？”

“因为犯人写邮件的时候特意避开了‘8’键。日本的手机想要输入‘ヤ’行假名的话，无论如何都要按‘8’键。”

“犯人？你是说若槻君？”

“不。是真正的犯人。”

“你在说什么啊……”

“姐夫还有没有提到别的事？案件发生的那天晚上，除了若槻君，还有没有其他人出现在现场附近？”

拖着一根带血的金属球棒走路的少年，看到的人肯定过目难忘，冲击太大了。不过，除此之外的人呢？即便有目击者，也可能只当作普通路人而已吧。

“这么说来，倒确实有一个特别的报告……”

“怎么说？”

“是个骑车送比萨的人说的，当晚十点左右在经过矢鸭桥附近的时候，和一个拿着伞的人擦肩而过。”

“伞？”

“嗯。”

“那天的天气预报并没有说会下雨，带伞出门多奇怪啊，所以目击者才会记住。”

“……性别是？”

“说是位女孩子。”

“是外形像女孩的少年吗？”

“不不，是真正的女孩子。”

确实，那天带着雨伞外出实在太奇怪了。我记得早上天气预报说当天的降雨概率为零。不过，要是听信了某人关于晚上会下雨的谎话，而在外出时带上伞，那就很合理了。

有这种可能的人，我恰巧知道一个。

但是，为什么呢？

一阵贫血感，我还有点儿想吐。中野百老汇的异次元氛围也来帮忙，让我阵阵眩晕。姐姐在电话那头忧心忡忡地叫着我的名字。差不多也该挂电话了，我这样回答。

“告诉我你在什么地方。我们说好的。”

“在东京。”

“东京哪里？”

“抱歉，我很累了，下次再说吧……”

“喂！等等！”

“不要紧的，明天应该就会去自首了。”

而我准备要阻止他，这件事并没有告诉姐姐。

不记得自己是怎么走回咖啡厅的，发觉时我已经推开了那扇如侦探事务所一般的大门，站在冷冷清清的屋内。为了不把若槻直人吵醒，我蹑手蹑脚睡回了长凳上，望着顶上的管道发呆时，旁边一个声音说：“还以为你不会回来了。”

我把脸转向靠背的方向，闭上了眼。黑暗并没有压制住眩晕的大脑，身体明明没有动，却感觉像睡在漂漂荡荡的船上一样。

- 4 -

九月三十日　星期二

我睁开眼伸懒腰的时候，若槻直人已经在玩 PSP 了，似乎是从哪里借来了插座，他两只手肘撑在角落的一小张桌面上，手指按着操作键。天井的窗户中照进来清晨的白光。到厕所洗过脸后，又在屋子里闲待了好一阵。我不断地叹气，惹得若槻直人心惊胆战地看过来，但我们却没再说过什么。

接近正午的时候，我们做好了出发的准备。看到被掸去灰尘的沙发，这间房子的主人也许会发现有人进来过了。收拾好后，我们背起旅行包，里面已经塞满了两人的脏衣服。想到应该去找个地方洗一下时，又觉得可能没这个必要了，如果若槻直人去自首，而我又没能阻止他的话，逃亡生活在今天就会结束了。

离开中野百老汇，走进一家小餐馆，我们点了当日的炸鱼套餐。店里摆着一台小小的显像管电视机，正在播放午间新闻节目。

“是山羊！”

喝着味噌汤的若槻直人看着电视叫起来。播放的画面好像是从直升机上拍到的，一个雪白的小点从高楼之间的细窄夹道中横穿过去。画面一转，出现的是市内动物园的入口。

“报纸上面怎么写的？”若槻直人问。

“挂在阳台上那张？”

“嗯。”

那张报纸的碎片就叠着放在我的口袋中。我把它拿出来，抹平褶皱。若槻直人伸头朝我手里看过来。

电视里还在继续播放着山羊的新闻。过街天桥上站满了举着手机拍照的人，明明已经绿灯了却没有一辆车开动，周围的人吓得不断后退。还有穿着制服、拿着巨大的捕虫网似的东西上蹿下跳的人，应该是动物园的饲养员吧。摄像机在混乱的人群中出没，捕捉着奔跑于都市中的那一身雪白皮毛。

而那家伙，蹄子踏出啪嗒啪嗒的声音走在柏油路上，又用前脚踩着停了的出租车的发动机盖跳上了顶棚，在惊得呆住了的司机头顶上走来走去，伴随着嗒嗒的脚步声在车顶留下一处处凹陷，然后轻松一跃，跳去了后面一辆车上。车身微微摇晃，而它则像立于岩崖之顶一般，转动着长角的脑袋悠然地巡视四周。道路两旁看热闹的人群，大楼窗户里探头张望的脑袋，山羊带着一脸不明所以的表情看着这些。直升机带着轰鸣声从空中穿过，工作人员小心翼翼地慢慢靠近意图将其捕获。然而山羊却腾空而起，如同飞翔一般越过了巨大的捕虫网，在根本没料到会朝自己而来的惊慌逃跑的人群中闪转腾挪，转眼便逃进楼宇之间，消失得无踪无影。根据播音员的讲解，山羊是今天早上趁着饲养员一时不备逃出来的。

标有后天日期的报纸上，刊载着一篇标题为《山羊的去向》的报道，里面写着，山羊从动物园逃出来后，最终误入驹入站，在登上十六时十七分发车的山手线外环电车后，被成功捕捉。

“报道成真了！这张报纸真的是从未来飞来的！太超现实了！我知道了，这种事就叫作超现实！”

“别再‘超现实’‘超现实’地喊了，求你了。”

我将报纸收回了口袋。若槻直人如此兴奋，我却只感到一阵恶寒。报纸在这一步变成了现实，那么下一步，若槻直人自杀的未来，也将确实无误地到来。

我们决定十六时前往驹入站，在此之前就在市内漫无目的地逛逛。首先在新宿站下车，去参观都厅。西新宿的高层建筑上端高耸入云，如同神殿般威严耸立。明明就在眼前的景色却让人感觉如此不真实，如果说是计算机动画反而更容易让人相信。走在笔直笔直仿佛永无止境的道路旁，我们抬头仰望着连绵的超高层建筑。这时我对若槻直人说："班上的人，其实都很想帮你。大家私下都这么想。"

楼间强风呼啸而过，他点了点头："嗯，我知道。"

"大家心里都觉得很愧疚，为视而不见而感到抱歉。"

之后我们再次从新宿车站出发，自动售票机前排着长队，其实一个人买两张车票明显要快一些，但本着 AA 制的原则，还是选择各买各的，结果就出了事故。排到若槻直人的时候，他刚要把钱放进机器，一个身着西装的大叔就一把推开他插队进来。若槻直人战战兢兢地低声说："那个……"

大叔完全无视了他，自顾自地操作着售票机的触屏。若槻直人又重复了一遍，而大叔只是飞快地买好了车票，转身要往检票闸机的方向走。不凑巧的是，他一回身撞到了若槻直人的肩膀，若槻直人拿在手上的钱包掉在地上，里面的零钱撒了一地。加塞的大叔有那么一瞬间停住脚步，脸上露出抱歉的神色，但还是马上就逃掉了。若槻直人将硬币一枚一枚捡起来，我也走过去帮他。而售票机前的其他人，只是避开我们重新把队排好，一个接一个地买车票。可能是听到骚动，站务员往我们这边走来，捡到一半的我连忙拉起若槻直人逃离现场，在别的售票区买到车票后进了车站。往山手线月台走的时候，若槻直人突然在台阶上停下了脚步。

“总是这样。”背贴着墙壁站的若槻直人说。我站在他上面几级台阶，为了不妨碍其他乘客通行，一样是背贴着墙。

“感觉每次出了家门都会发生坏事。在邮局也遇到过同样的情况。我排队的时候，总有人插进来，即使提醒了，也装作没听见。”

“人活一辈子，这种事谁都会碰上的。我也一样。今天只是偶然而已。”

大量的人从面前穿行而过，像避开障碍物一样绕开了我们。站内广播声、人们的交谈声以及杂乱的脚步声都混在一起。

“他们只是觉得欺负这个人没关系，刚才那个插队的也是。看到我以后感觉这么弱的家伙可以欺负一下。被金城君盯上也是这样……”

不知是不是有电车进站了，从月台走下来的人突然变多，楼梯上挤得一点儿缝隙都没有。我继续听若槻直人说话。

“我想着杀了金城君，就不会有人在教室里脱我的裤子了，也不会有人再抢我的钱了。可是，什么变化都没有。”

“说是你杀了他，可是……”

“用菜刀捅了他。”

“但是，用刀捅之前，他已经被球棒打死了。菜刀是在金城君已经倒在地上以后才扎进去的。人不是你杀的，对吧？”

楼梯上汹涌的人流之中，若槻直人看着我的脸，他的眉头间浮起细小的褶皱，表情仿佛要哭出来一般。

“你知道阿萨谢尔的山羊吗？”若槻直人问。

“阿萨谢尔？”

车窗外，都市的风景缓缓流动。

“是一个神话传说。阿萨谢尔既是堕天使，也是荒野的恶灵。在古犹太人的诸多习俗中，有一种就叫作阿萨谢尔的山羊。因为我是山羊座的，所以对山羊相关的事都比较了解。这是一种真实存在过的仪式。”

仪式每年举行一次，由祭司选出两匹山羊，一匹献给神，一匹献给阿萨谢尔。献给神的山羊会被杀掉，然后用它的血来赎罪。而献给阿萨谢尔的山羊，则要在祭司宣读过全体民众的罪孽之后，背负着那些罪孽被放逐荒野。

“背负着人们所有的罪恶，被活着弃于山野。那就是阿萨谢尔的山羊，也被叫作赎罪山羊。”

由新宿站乘坐的山手线外环电车非常拥挤，我们站在门边，透过玻璃眺望车外。车门上边安装的液晶屏上显示着电子时钟，计划到达驹入站的时间是十六点。那只问题山羊依旧在市内到处逃亡，目前还在楼宇间穿梭。一群中学生模样的女孩子围着能收看电视节目的手机，兴奋地喊着：“山羊快跑！”各家电视台的摄像机也追随着山羊到处乱窜。

“找山羊来顶罪，人的罪孽就能消除吗？”

“嗯，因为山羊会驮着这些，全部带到荒野中去。不然的话，人类会承受不住沉重的罪恶。”

窗外匆匆后退而去的楼群，有着神话世界一般的威严，但更多的却是荒凉之感。随着车身的摇摆，我们仿佛彷徨其中，不知所往。

我试着向他问起案件的事：“二十五日深夜，在矢鸭桥，除了你和金城晃以外，应该还有其他人在。你见到那个人了吗？”

若槻直人沉默数秒，终于点了点头：“其实我真的是下定了决心动手的，可那时金城君已经死了，所以我拜托他们两个，至少让我来认罪。”

“他们两个？”

“本庄同学和佐佐木君。”

听到他亲口报出名字，果然还是很受打击。虽然已经预料到会有本庄望，可没想到还有跟她交往的佐佐木和树。

“我从佐佐木君手里接过了球棒，让他们两个先逃走。分别的时候，佐佐木君说，如果没被警察抓到就发邮件给他，邮件地址写在他的博客上。”

本庄望与佐佐木和树离开了现场之后，若槻直人用带来的菜刀刺进了金城晃的身体，然后拖着球棒走回街上，最后在商店街入口处碰到了我。

“打了多少回，都打在哪里，这些佐佐木君都通过邮件告诉我了。被警察问起的时候，我可以说得尽量真实些。”

看来没有马上自首，而是躲起来数日，就是为了交换情报。这样若槻直人的证词才不会跟现场证据有出入。因为在二十五日深夜的台阶上，他们并没有串供的机会。若槻直人的邮件，原来是发给佐佐木和树的。

“不过为什么你会知道不是我干的呢……”

在昨天之前，我还真以为是他杀的，毕竟动机十分充分，连刺进胸口的菜刀都是他自己买的。

“之前在新闻节目里看到本庄同学的时候，你一下就认出她了呢。”

那是我们在网吧的时候，电视上放了一段记者在校门口采访学生的画面，本庄望正好从背景中横穿过去。那是走在放学路上的她。

“你居然能认出那是本庄同学。毕竟那天是她第一次把眼镜换成隐形眼镜，整个人的形象都为之一变，然而你却认出她了。你应该是在哪里见过不戴眼镜的本庄同学吧？那么也只有二十五日深夜了。因为，二十六日一整天你都待在我房间的壁橱里不是吗？”

若槻直人的脸上先是露出了钦佩的表情，但随即又叹着气摇了摇头。

“确实，那天晚上本庄同学没有戴眼镜。”

“为什么？”

“好像是金城君发起狂来，在反抗的时候被打掉了。”

虽然“发狂”这个词，若槻直人说得一脸轻松，却让我胸中郁闷难平。

“是那时候被踩坏的？”

“嗯。”

二十六日在学校时，本庄望好像说过昨晚眼镜被踩坏了。原来那不是借口，而是真的。

“不过你想多了。就算之前没见过，我也能认出不戴眼镜的本庄同学……”

“欸？真的？我都是靠眼镜来认她的。”

“能认出来的。”

若槻直人自信满满地回答。或许是因为他的视线一直都在本庄望身上，才不会受有无眼镜的影响，所以才会毫不犹豫地替她顶罪。

我想起在壁橱中，以及在网吧的单间里，偷偷啜泣的若槻直人。他并不是个特别强势的人，如今却抱着宁死也不说出实情的决心。我非常肯定这一点。因为它就写在后天的报纸上。供认罪行后上吊自杀的话，就算他的供词与事实有所矛盾，也无法追查下去了。如此一来，本庄望与佐佐木和树也就不用担心自己的罪行曝光。

若槻直人将他们的罪全部抹消了。接过金属球棒的时候，他一定觉得那是自己唯一能做的事，为了向教室中唯一肯跟自己说话的同学报恩。

电车终于到达了驹入站。

从山羊迷路走进车站月台，到它被抓住总共是三分钟的时间。但我们却觉得时间缓缓流淌，一切都在静谧之中慢慢进行着。

十六时十六分。

去往东京站方向的山手线外环电车驶进了月台。

直升机的声音在车站上空盘旋。

同时传来了一阵惊叫。

周围的人都回过头去看出了什么事。

通过东检票口准备上台阶的人都慌忙紧贴住墙壁。

随着台阶下面传来啪嗒啪嗒的蹄声，顶着一对“V”字形羊角的脑袋出现了。身上的羊毛比想象中的还要白，仿佛刚刚落下的雪一般。肩部看上去很瘦，体形却比镇上常见的狗都要大得多。看起来并不觉得强壮，但女性化的面容和身形却令人无法不感到一种油然而生的神圣。在人们的屏息凝视中，山羊静静地、漫无目的地移动着。

山手线的电车驶进站台，打开了车门。最先从电车上下来的人都因为眼前这个纯白色的生物而停住了脚步，后面的人紧跟着撞上来，一边抱怨一边也看到了那只山羊，于是同样一脸呆滞地站在原地。

山羊转动着长角的脑袋，盯着眼前打开的车门看了一会儿，接着后腿轻轻一弹，纵身跃进了车厢。车内的乘客都吓得向后退去，谨慎地与山羊保持着距离，而我们则隔着车窗玻璃看着这一切。

驾驶员和列车长似乎也发现了异常，既没有关闭车门，也没有开车。大家都停止交谈，默默看着，拿着手机发邮件的人也僵住了手指。听不到车内广播，平时纷纷扰扰的站台内此时一片死寂。

直升机的声音再次从头顶响过。

我和若槻直人交换一下眼神，紧跟着山羊进了同一节车厢。

山羊在车内闲庭信步，每走一步都伴随着蹄子敲打地板的声音。车内大概有二十位乘客，有些站起身警惕地戒备着山羊，也有些僵坐在位子上一动不动。山羊往前迈步，人们就更退向两边，将通道让出来给它。

一个穿西装的大叔两手举着正在看的报纸，盯着山羊不敢动。一个小孩子伸手指向山羊，立刻就被妈妈制止了。被白色羊毛覆盖的身体从一个中年大妈巨大的臀部蹭了过去，大妈紧闭双眼，发出细小的惊叫。有个大学生模样的男人在座位上睡着了，完全没有察觉到车厢里走进了人类以外的生物。直到山羊闻着他手指的气味，伸出紫色的舌头舔了一下。那人终于醒过来，先是环视了一圈盯着自己的人，然后视线才对上眼前的山羊。

若槻直人走在仿佛被停止了时间的车厢内。我紧跟在他后面。此时山羊则沉迷于女高中生手机上的挂饰不能自拔。

若槻直人站到了距离山羊仅一步之遥的地方。他伸出右手，用如同少女般纤细的手指接近那只生物头部的长角。横切面为扁平三角形的角，画出两道舒缓的曲线。若槻直人的指甲碰到羊角的瞬间，发出了咚的一声，听起来如同洞穴中落下了一滴水般清澈。

山羊转过头来，与若槻直人鼻尖相对。

一对横长的异样瞳孔。

若槻直人与山羊四目相望。“呀啊……”他打了个招呼，“外面的世界，好玩吗？”

山羊没有回答，只是目不转睛地盯着眼前的少年。

下一个瞬间，一大拨穿着工作服的大人从车厢入口拥进来。等我们注意到的时候，站台上已经挤满了站务员、警察和饲养员模样的人。山羊被劈头蒙上了巨大的捕虫网。它只是略微慌张了一下，很快就不再抵抗。我们沉默不语地看着山羊被大人们带走。

电车进行安全检查的时候，站内又逐渐恢复了以往的嘈杂。被舔了手的大学生正用一块手绢仔细地擦着手。发车的广播响起，电车关闭了车门。我们就这样乘着山手线的电车出发了。

“那只山羊也是知道的，它其实无处可去。”若槻直人说道。兴奋之情尚且洋溢在车厢内每个人的脸上。

“这样反而更好。”

“你真的……打算去自首吗？”

“你不要跟警察说，就让我来当那个犯人吧。”

“那天晚上，叫你出去的那封邮件其实……”

“我知道。那也没关系。”

电车行进的过程中，我偷偷从口袋中拿出那张报纸碎片瞥了几眼。看着背面印的那篇报道，我想再跟他谈谈，哪怕把自首的时间拖后两天也好。

电车到了秋叶原站。车门打开，人流上上下下，就在车门即将再次关闭的时候，若槻直人突然起身跳上了月台，而我因为看着报纸的碎片出神，反应慢了半拍，虽然立刻起身追上去，但车门还是在我眼前关上了。

电车启动了，月台在慢慢地远离。我把手指插进车门的缝隙中用尽全力想要打开它，然而却敌不过电车行进的速度。越来越小的月台上，伫立着他凝望电车的身影。

“笨蛋！傻瓜！”

发现一切都迟了，我懊恼地不停踢打车门。

他已经计划好要去警察局了吧。从一开始就是，那是他唯一的目的。为了帮本庄望和佐佐木和树顶罪，最终只有被捕这一条路。拖延这几天不过是他为了通过邮件与佐佐木和树串供，是他向那些大人隐瞒事实真相的准备时间。

最终，我在东京站下了车。因为一时也想不出之后该怎么办，只好在站内闲逛。是不是应该跟若槻直人一样，去找警察寻求保护。警察们也在寻找我的下落吧。我用剩下的钱买了新干线的车票，以便回到小镇——那个有我和若槻直人一起上的高中、天空中还有一条风通路的、故乡的小镇。在那里我会见到本庄望。

十月一日　星期三

从东京坐新干线再换成私营铁路回到镇上时，已经是深夜了。为了避人耳目，我还是在网吧住了一宿。扔在停车场的自行车可能被拖走了，怎么都找不到。我用单间里装的电视看起新闻节目。驹入站被抓的山羊要远比我那向警察自首的山羊座朋友受关注得多。我换了频道，用电脑在网上浏览一番，收集各种关于若槻直人的消息。我还在网上查了下金城晃的手机，通过搜索厂家和型号，拿到了各种信息。准备睡觉的时候，才发现天已经亮了。

中午之前，我做好了出发的准备。一走到外面，天高云淡，沉重的旅行包已经寄存在车站的储物箱里，朝着学校走的我可谓一身轻松。街上还是一如既往，熟悉的建筑物、招牌和过街天桥，却又有种说不出的生疏。大概是因为周围人都在盯着我看吧，看惯了东京的街景，难免为这开阔的晴空与茂密的绿植而感动。

已经可以看到高中的校门了。若槻直人向警察自首的新闻已经播出，校门口却不见媒体的车辆云集。世人的兴趣已经转移到其他事上去了。学生们喧闹的声音从操场的方向传来。我躲在那后面的灌木丛里等待午休时间结束，然后进入了学校的领域。

我在教学楼中朝自己班级所在的教室走去。擦肩而过的几个学生都忍不住回头看穿着便服的我。这样确实太显眼了，本来我也想过回家换了制服再来，但为了不被人发现还是放弃了。至于能够逃过老师的耳目、一路顺利地走到教室，除了幸运也没有其他解释了。

教室里有十几个人，其他同学可能在食堂或者别的地方吃午饭。我一走进去，班上的人就全部停止了交谈，变得鸦雀无声，一瞬间所有的视线都集中过来。他们一定从早上就开始热议若槻直人被捕的新闻，其间说不定还夹杂着关于我至今没有被逮到、依然下落不明的消息。

“松田，你这是……”平时关系相当不错的一个男生靠过来跟我搭话。

“好久不见。”应付一句，我就从他面前走了过去，径直走向自己的座位。那后面就紧挨着本庄望的座位。今天她也还是在自己位子上吃着小卖部买来的蔬菜面包与牛奶。面包已经不见踪影，不过插着吸管的牛奶纸盒还摆在桌上。额头的剪影显得她异常认真，坐姿也挺拔笔直。戴的不是有框眼镜，而是隐形眼镜。

一看到我，本庄望惊讶得微微张开了嘴。

横坐在椅子上，背靠着窗边，还是那么舒适，而且也方便跟后面的本庄望说话。其他同学都远远地看着我们，说不定已经有人跑出教室去叫老师了。

“松田君，大家都在找你呢。”她的声音小得像蚊子哼一样，“听说，若槻君在东京被抓到了……”

“只有我回来了。”由于太紧张，几乎都发不出声音了。

“你之前一直在帮他逃跑吗？”

“差不多吧。”

“为什么不来找我商量呢？”

“因为班长你太一本正经了。”

我深吸一口气，让肺部充满了空气。

四下巡视一圈教室，竟然有种非常怀念的感觉。这些直到不久之前还是理所当然的景物。我的出现是如此不合时宜。

“没有时间了，直接进入正题吧。我有话想跟你说，关于若槻君做的事。”

本庄望歪了歪头。

“在二十五日深夜，他的手机上收到了金城君发来的邮件。那封邮件把他叫去了矢鸭桥。从家里出来的时候，他偷偷带上了买好的菜刀，似乎是准备用这个杀死金城君。不过，叫他出来的却并非金城君本人。”

“什么意思？”

“在吉祥寺的井之头公园，若槻君给我看了他的手机。我也详细问了他当时的情况。”

“吉祥寺？你们还去了那种地方吗？”

“嗯。然后，我发现有件事很奇怪。金城君发来的邮件上写的是‘琴叶桥’，不是‘矢鸭桥’，他用了现在几乎已经没有人用的正式名称。因为发现了这一点，所以我特意查了一下，原来金城君手机的数字键‘8’上，沾着一小点儿血沫。似乎是在被打时，他的手机掉在了地上，而一滴血刚好溅在了上面。”

“然后呢？”

“由这些细节，可以做出两点推测。第一，金城君本来就不用‘矢鸭桥’这种叫法，至今也坚持称‘琴叶桥’的可能性。这样一来就全说得通了。金城君写了那封叫他出来的邮件，并在之后被其杀害也是顺理成章。”

“那另一个推测呢？”

“写邮件的人不愿意使用数字键‘8’的可能性。”

“写邮件的人？”

“此人不愿按数字键‘8’的理由，当然是因为那上面沾着血迹。也就是说，邮件是在金城君被打之后写的。毕竟被打得浑身是血的状态下也没可能写出那样的邮件。所以，在当时，发邮件的并不是金城君，当然也不可能是若槻君。”

“为什么？”

“若槻君没有必要给自己发邮件。与此相比，把这封邮件理解成叫若槻君出来而发会更加合理。也就是说，一个既不是金城君，也不是若槻君的人，当晚，出现在桥下。写邮件的人不愿意留下自己存在的证据。这是最重要的。所以才不能按下数字键‘8’。如果按下沾血的按键，血迹就会被破坏，那样一来就会暴露邮件是在行凶之后写的。但是擦掉血迹同样有风险，按键与机身的缝隙中可能会残留血迹，而且本来应该出现的金城君的指纹也会被一并擦掉。最终结论就是，不去碰它最为安全。那个人使用了不会留下指纹的方法，比如用戴着笔帽的圆珠笔之类，避开数字键‘8’来写邮件。不过要输入‘矢鸭桥’的话怎么都要按到‘8’，所以才用了正式名称‘琴叶桥’。”

她想了想，然后说：“还有其他输入方式可以打出‘矢鸭桥’吧？比如用方向键操作。”

由于手机的机种不同，输入法也有多种方式可选，有一种就是用方向键上下左右移动来选字的输入法。

“金城君的手机没有配备这种输入法。”

“那么，就是说除了金城君与若槻君以外，还有其他人在场了？”

“如果第二点推测正确的话，至少我认为是这样的，从目前掌握的情报来看。若槻君赶到的时候，金城君已经被真正的犯人们杀死了。”

“犯人们？”

“就是你和佐佐木和树。”

和煦的阳光从窗口照进来洒在课桌上。操场那边有人在打排球，可以听到球体在地上弹跳的声音。教室里的其他人还在远处往我们这边偷瞄，却没有任何人上前。只希望他们听不到我们的对话。本庄望慢慢垂下了眼，发帘给她知性的额头打上了细碎的阴影。

“你们的计划其实更为单纯吧？把若槻君叫出来，然后躲在别的地方报警。等警察赶来的时候，桥下就只剩金城君的尸体，还有若槻君，而他又有杀人动机。他会被当作犯人逮捕，没有任何人会怀疑到你头上。但是，意料之外的事情发生了，比如，眼镜掉下来被踩坏了，必须把破碎的镜片全捡起来。这在一片黑暗之中是非常耗时的工作，于是你们逃跑的时间被延后了。然后，若槻君又比邮件所写的时间提前了三十分钟到达。而决定性的一点就在于，他跟你们选择了同一天杀死金城君，所以提前到达现场，准备进行伏击。得益于此，在你们撤离之前他就出现了，两边碰了面。”

本庄望摇了摇头：“那什么，实在是可吐的槽太多了。别的先不说，首先，为什么一定是我跟佐佐木君啊。还有，选了同一天杀死金城君？也太巧合了吧？这可是杀人啊。”

“确实如此。巧到不可思议呢。不过也还是有一点道理的。恐怕，你与佐佐木君会选择二十五日晚上动手，跟若槻直人在那一天下决心杀人而带着菜刀出门，是出于同一个念头。只有那一天晚上，金城君必然是单独一人。究其原因，就是平时跟他一起行动的高木君去修学旅行了。对你们来说，这是万事俱备只欠东风的一夜。换作其他日子，就算单独叫金城君出来，他也未必真的就一个人来，那时候可能就要面对两个对手了。”

“可是这些全都是你的想象吧？万一呢，万一金城君就是一直管‘矢鸭桥’叫‘琴叶桥’呢。”

“这个警察一查就知道了，问问高木君也可能知道，总之很容易查清的。”

“我说，我跟佐佐木君什么关系都没有啊。不仅如此，我还一直帮着被欺负的若槻君呢。我们会嫁祸给若槻君？根本不可能的！”

她的脸上满是恳切，简直就像寻求谅解一样。

为什么要如此逼问她呢？我们明明是朋友的。

“然而，我知道是你们。我已经知道了，也直接问过若槻君了。要装作不知情，继续如往常那样过日子，我觉得自己做不到。”

不只是班上的同学，连外班的人都聚集过来，一大堆学生的脸挤在教室入口处，想看看发生了什么事。

本庄望从头到脚都像泄了气一样。她的肩膀略微垮下来，仿佛卸下了什么东西。

她放弃抵抗似的叹了口气：“……那就是说，没办法了吗？”

“若槻君不打算告诉大人们实情，我也没打算报警。这是他的心愿。我希望，由你和佐佐木君去跟警察说。那样的话，说不定，他会原谅我的。而且，若槻君一直都知道那封邮件不是金城君，而是你们发给他的……”

是你们为了嫁祸给他而发的。

尽管如此，他却依然决定隐瞒实情毅然赴死。

“若槻君他一直都不肯对我说出真相。本庄同学在场的事，我是通过其他线索猜到的。”

“怎么猜到的？”

“那天晚上，在案发现场附近，有目击者看到一个拿着伞的女孩子。我想那应该是你。”

“那一天，并没有下雨呢。”

“我知道的。我看了那天早上的天气预报，知道不会下雨。”

二十五日那天的午休时间，我就像现在这样背靠着窗边跟她聊天。那时候，我骗她说今晚会下大雨，所以她出门时才会带上了雨伞。

“我预先知道了那天晚上这座镇上可能会发生杀人事件。”

“知道？怎么知道的？”

“我还知道犯人与受害者都是跟我同年级的人，所以才为了不让本庄同学出门而撒谎。我是想这样的话，本庄同学就不会成为受害者……只要一直待在家里，就一定不会被杀。然而，本庄同学却带着伞出门了。”

目击者正是因为对那把伞印象深刻，才会记住那个出现在犯罪现场附近的女孩子。而那个当晚会下大雨的谎话，我只跟她一个人说过。

“我明明是想救你的，很讽刺吧。我不希望本庄同学死，因为我非常尊敬你。我们是朋友，座位离得又近。那天晚上，如果不是找人顶罪，而是三个一起逃跑，让警察不知道谁才是凶手，难道不好吗？虽然金城君是个坏人。”

“因为我很害怕啊。”她细弱的声音像从身体里挤出来的一样。

“那天晚上，若槻君一来，计划就变得乱七八糟的，我想这下全完了。这时若槻君对我说，让我们逃走，就当事情是他做的。我没有那么厉害，你实在高估我了。”

“但是，有一点我想不明白。你们的动机是什么？”

本庄望与佐佐木和树有着怎样的过往，以至于非要杀死金城晃不可呢？

她的视线从我脸上移开，头也低了下去，眼睛和鼻子变得像大哭过一样红。正在此时，老师出现在教室门口，是一位身体健壮兼任生活指导的男体育老师。

“我必须走了……”

说完我站起身来。她的手跟着动了，像是要抓住我的手腕，但又在半空中停了下来，最终，她的手回到了自己的膝头。

“如果我早点儿注意到，跟你谈谈就好了。”

“真的呢，笨蛋。不过，瞒着你的我也有错。”

体育老师见我没有反抗的意思，也松了口气。在同班同学的注视下，我跟着老师走出了教室。到了走廊上，我回头去看本庄望。她手上拿着从小卖部买来的盒装牛奶，嘴唇夹着吸管，眼睛盯着窗外。外面依然是往常午休的光景，喧闹声从操场的方向传来。明亮的阳光照进教室，一张张的课桌显得熠熠生辉。

- 尾声 -

我至今依然记得很清楚。

那是升入高中后不久的事情。

当时是春天，四月。

我在闹钟响起之前便由梦中醒来，全是因为阳台传来的狗叫声。

打开窗户，在阳台堆积的樱花花瓣之上，一条小狗正在打滚。

看来是乘着风，不知被从哪里吹来的。

浅棕色的毛非常柔软，脸长得也很可爱。

我伸过去一根食指，它立刻用小小的舌头舔起来，还挺痒的。

然而我家禁止养宠物。

我在学校的电脑教室里做着领养小狗的告示。

告示难做极了。

偶尔休息一会儿，我从电脑教室的窗户眺望出去，正看到了开满花的樱花树。

我放上了小狗的照片，正在调整布局的时候，身后传来一个声音。

“要写清楚是公狗还是母狗才行。”

一个戴眼镜的女孩子站在我后面。

是同班的本庄望。

“你是在哪儿捡到这个小东西的？”

我跟她说是风刮到我家阳台上的。

她最初也是不信的。

“风的通路？”

放学后，我带她走到了我家附近。

在小丘下的公园里，我用手指向天空。

似乎是感到刺眼，她的眼睛在镜片后面眯成了一条缝。

小镇的上空有一条浅浅的粉色的线。

仿佛用汲满了水的笔蘸着淡淡的水彩颜料在天空中画了一道。

那是大量的樱花花瓣乘着这条风的通路在飞行。

风掠过了小丘，掠过我的家，向着永无止境的天际而去。

在教室跟本庄望交谈过后，我被老师带到了警察局，在那边见到了我的父母和姐姐。姐姐一见到我的面，就下狠手打了我一巴掌。

虽然大人们问了各种问题，但我也只讲了自己跟若槻直人在一起的这几天，关于本庄望与佐佐木和树的事全都没说。

我向他们问起了若槻直人的事，可是现在案件还在调查中，所以不能让我们见面。

虽然帮犯人逃跑有违法纪，但因为我并没有直接参与犯罪，再加上还是未成年人，最终决定让父母带我回家，只是被给了个严重警告，然后短时间内还要无数次重返警察局协助调查。

我回到小丘上的家时，小镇已经拉下了火红夕阳的大幕。几日没有打扫，阳台上堆积了大量的落叶，看来风并没有因为我不在而缺席。

当天十七点，本庄望走到学校旁边的派出所自首。

据说她在午休即将结束的时候，突然离开了教室，从此再也没有回学校。

这件事我是从深夜姐姐打来的电话中得知的。根据她从姐夫那里听到的消息，本庄望已经自首招供了。

姐姐说，还有另一个悲伤的消息。

她的开篇是：你冷静下来听我说。

“我觉得自己能理解，本庄同学为什么总是喜欢打听漂流物的事。毕竟，一觉醒来，自己房间的阳台上就挂满了各种各样的东西，简直太神奇了。”

再见到若槻直人的时候，我正好要过生日。秋天已经过去，街上的行人都换上了御寒的外套。

“原来超现实的事物也是真实存在于这个世上的。跟松田君在一起时，我就这么想，感觉好像被拯救了。每次听到松田君说那些风的故事，哪怕只是一瞬间，也会让我忘记所有的痛苦，就像看小说或者漫画一样。所以，本庄同学才喜欢跟松田君聊漂流物的话题吧。”

一开始，我们两个都是一脸尴尬地坐在快餐店二层的禁烟区，喝着廉价的热咖啡。相对而坐，却都不敢看对方的脸。我只能一味地想着他大发雷霆要跟我绝交的情景，不过也并没有成真。我们一点儿一点儿、磕磕绊绊地互相报告了近况，然后说到了本庄望。

若槻直人那张女孩子似的面容依然没变，只是比九月底那次逃亡时更加消瘦了。他偶尔会垂下眼，沉默不语，只盯着盛咖啡的容器，长长的睫毛在脸上铺下影子，咖啡的热气因他的叹息而打着旋。这种时候，我就总觉得他是想起了本庄望。

“说起来，这个给你……”

我取出佐佐木和树的信给他看。被警察看押的佐佐木和树与我有过一次书信往来。我无法想象若槻直人读到这封信时的心情。

佐佐木和树在信中所写的是关于本庄望的事情。

那些与金城晃有关的可怕传闻，关于来实习的女大学生和自杀的女中学生的事，都不是传闻，而是事实。被害的两名女性，分别叫佐佐木纱耶香和本庄胜美。她们的人生全被金城晃毁了。虽然案件本身没有公开，但她们的家里人都知道是金城晃干的。

根据信上所写，本庄望和佐佐木和树从初中开始就为了同一个目的接触和来往。他们两人之所以选了我们的高中，也是为了接近金城晃。明明可以上更好学校的本庄望，原来就是为了这个理由考来了这里。比她跟我成为朋友还要早很多很多的时候，她就已经知道金城晃了。

若槻直人沉默了好长时间之后，将信纸叠了起来。我们又回到无言的状态，一起望着窗外。地铁口前有个巴士车站，并非我们去往东京时乘坐的高速巴士车站，而是每天早上都会乘坐的日常线路公交站。一大群放学途中的学生正从那边路过，勾肩搭背，嬉笑打闹，看起来真是开心。他们穿的正是我不久前上的那所高中的校服。

我和若槻直人从各自的书包中拿出了函授高中的申请书与文具。

首先写上名字和年龄。

松田祐也，十六岁。

“原来不是在交往啊，那两个人……”若槻直人坐在我对面，边写边说道。

“嗯。好像不是。”

佐佐木和树的信上也写了差不多的话。

“那本庄同学果然还是喜欢松田君的吧。”

“怎么可能。”

“她跟松田君聊天的时候，看起来很开心。”

“那一定是因为那个啦。我家那个阳台，就是个喜剧制造器，肯定不是你说的那样。我第一次听说这种事。”

车站来车了，高中生们纷纷坐上去走了。

之后所剩的也就只有宁静的站前风景而已。

若槻直人停下来，伸手拿起咖啡喝了一口。

我把脸贴到志愿书上，埋头于那些空栏项目中，然后吸了吸鼻子。

那是我在教室与本庄望交谈后的翌日。

十月二日　星期四

在天亮之前，我骑着自行车驶过坡道，到达平时光顾的便利店，买下了所有的报纸，坐在停车场上寻找那条报道。排版与记忆中一模一样，所以我很快就找到了，与挂在阳台上的报纸碎片别无二致。

不知道什么时候，我已经朝着学校走去。东方的天空渐渐亮起来，这段时间的校舍沉浸在一派清冷的空气中。

穿过走廊，上了楼梯，进入教室，窗边的座位上还放着那个小小的、孤零零的盒装牛奶。

那是昨天午休时她喝的牛奶。

下午上课的时候，谁也没有拿去扔掉，就那么放着了。

没有人知道她去警察局的事，老师和学生们都照旧上着下午的课程。

牛奶的纸盒被吹进了气，胀得鼓鼓的。

像帮助若槻直人那样，拉着她的手逃离老师和警察不就好了吗？

她既没有回学校，也没有回自己家。

审讯结束后，她去了警察局的厕所，然后就没再出来。

眼前的这个小纸盒里，现在也还充满着她吹进的气息。

活着的最后一天，死去的几小时前，她的呼吸。

part three 宗像君与钢笔事件 | 中田永一

中田永一

宗像くんと万年筆事件

解说

中田永一是作为恋爱小说家出道的。他的作品会让人想起少年漫画杂志中连载的恋爱喜剧漫画。比起男女在恋爱中的微妙心理，他更喜欢描写那种特定情景中产生的荒诞感。据作者本人说，本篇原打算通过学生法庭的形式，描写少男少女的邂逅，没想到最后悬疑部分反而占了很大比重。虽然已经确定会将宗像君做主人公的故事系列化，但至今也没有任何续集的消息。

（原载于《小说昴星团》2012 年 2 月号）

（收录于集英社文库《致彼时的你 Girls》）

- 1 -

我上的那所小学，午休之后是大扫除时间，大家被分成几组，打扫不同区域的卫生。我擦干净走廊正准备回教室时，在楼梯处遇着了夏川同学和井上同学。夏川同学手上提着一件我非常眼熟的东西。

“我在教室里捡到的。正好找不到抹布，就拿来用了……对不起！真的非常抱歉！”

那是我的擦手巾。接过来时发现毛巾还是沾满了水的，湿漉漉、沉甸甸地压在手上。她们时不时就会欺负我一下，比如在我背上贴纸，或者在我路过时绊一下。

第五节和第六节课是在理科教室做实验，现在跟她们理论的话肯定要迟到。我匆忙赶回教室，发现班上大部分同学都已经去理科教室了。我暂时把毛巾搭在椅背上，从课桌里取出书本和铅笔盒，又掉头往理科教室赶。夏川同学和井上同学比我稍晚一步走出教室。理科教室在教学楼的一层，下了楼梯往那边走的路上，看到理科教室旁边的厕所门前贴了“维修中，暂停使用”的告示。男厕所和女厕所都不能用了，上面还有请使用其他厕所的提醒。

那天的实验内容是把各种液体滴在护符一样的细长条试纸上，然后观察试纸颜色的变化。红色的试纸遇到碱性溶液就会变蓝，蓝色的试纸遇到酸性溶液就会变红。全班被分成几组开始做实验，没过一会儿，高山君突然喊起来。

“哎呀？哪儿去了？！哪儿去了？！”他在铅笔盒里翻找一通，最后干脆把里面的东西全倒在了桌面上。

“怎么了？”国分寺老师问。她是位三十多岁的女性。

“我的钢笔怎么都找不到了。”

那支钢笔据说是他生日时爸爸送的礼物，特别珍贵，外国生产的，要好几万日元。我也凑近看过那支钢笔。亮晶晶的黑色笔身非常光滑，上面还镶嵌着许多金色的圆环。笔帽要像拧螺丝那样拧下来，里面的笔尖也是金色的，笔尖内侧有一条沟槽，笔身内部的墨水就是通过这条露在外面的槽引导至笔尖上的。这种构造对于用惯了圆珠笔的我们来说相当新鲜。

结果，直到实验结束，他都没有找到自己的钢笔。除此之外要说还有什么怪事的话，就是没有任何朋友、在班上完全被孤立的宗像君，竟然舔了实验用的盐水和柠檬汁，为此而被老师训斥了一顿。国分寺老师让各组组长用手捏着颜色起了变化的试纸，然后拿数码相机拍下来。这些照片之后会作为此次实验的总结，在教室后方展出。虽然是五六两节课连起来做实验，但中间也有十分钟的休息时间。有几个人去了厕所，我则跟留下来的同学一起聊天。

第六节课的下课铃响起后，这一天的课程就全部结束了。我们离开理科教室，往自己的班上走去。之后再开个我们叫“回家会”的班会，就可以从学校解放了。回家以后把电饭锅的开关打开，等妈妈下班买菜回来前就看看书好了。顺带一提，我家是单亲家庭，我跟妈妈一起过。望了眼窗外，天空中乌云密布，好像要下雨了。明明上午还是晴天呢，我这么想着，跟两名好朋友一起走向教室。

一进教室，先从理科教室回来的同学一下子都停住了话头，齐刷刷看着我的脸。一片死寂的教室中，弥散着异常紧张的空气。不明所以的我和两个朋友还愣在原地，一贯活跃的和尚头榎本君开了口。

“山本，给我看看你的书包。”话里充满了对我的敌意，“快回话。我要看你的书包。钢笔就藏在里面吧？”

事后我才知道，高山君做完实验回到教室后，他的朋友们到处帮他找丢失的钢笔，课桌里、地板上、讲台桌下面，连走廊之类的地方都看过了。据说这期间，榎本君在教室后方的架子上发现了一块墨水污迹。竖三列、横十二排用来放书包的架子，每个格子都与书包的大小正相匹配。墨水的污迹就滴在我的书包旁边，正是那支钢笔使用的黑色墨水。看到这一切的同学理所当然有了以下联想。

高山君的钢笔不是丢了，而是被人偷了吧？滴在架子上的墨水污迹，一定是把笔往书包里藏的时候，不小心弄掉了笔帽，笔尖撞上去才留下的吧？

“不、不是的……我、我没偷……”

“让我看看你的书包。本来想直接打开看的，不过我觉得还是应该等到你回来。”

我点着头，把自己的红书包从架子上拿了下来。那时我才看到滴在架子上的墨水污迹，在隔板的右边，紧靠在外缘边上，好像还被擦过，不仔细看根本发现不了那块污迹。

抱起书包的时候，感觉到里面有个小东西滚来滚去，一阵不祥的预感涌上我的心头。榎本君探头看了一眼，立刻把书包里的东西抓出来往高山君面前一递。

“你看，果然有。”

从我的书包里拿出的正是那支黑色笔身带着金色装饰的钢笔。

国分寺老师来开回家会的时候，被教室里的骚乱吓了一跳。

“你是因为羡慕高山君吗？”

老师误会了。因为我是没有父亲的单亲子女，所以就认定我一定会嫉妒高山君有个可以送自己昂贵礼物的爸爸。

回家会结束后，我被带到了教研室。我一直不肯承认是自己拿的，这让老师大发雷霆，扬言要给我妈妈上班的地方打电话。我还是继续摇头，彻底放弃的老师真的打了电话。妈妈在一家税务代理公司上班，当时正好是结束一天工作收拾东西回家的时候，一接到电话，她马上叫了辆出租车，脸色苍白地冲到了教研室。

听完老师的话，母亲按着我的头呵斥道：“真琴！你也赶紧道歉！”

“我……我、我没拿……”

满脸的鼻涕和眼泪中，我最终也只能说出这一句。老师一副“还嘴硬”的表情。我彻底绝望了，根本不会有人相信我。然而，妈妈听了我的话，似乎明白了什么。她小心翼翼地试着跟老师说：“我孩子说，不是她干的……到底怎么回事呢……”

“可是啊，这位家长，钢笔就是在真琴的书包里找到的。”

“但是，我家孩子应该不会……”

当我们离开教研室的时候，老师投给我妈妈的目光已经极为冰冷。刚出校门就下起了雨，我们在便利店买了便当和雨伞，然后逃跑似的回了家。微波炉加热过便当，吃饭的时候，我们的头发都还湿得打卷。

从第二天起，我就开始被大家排挤了，最开始只是背地里说说坏话，但很快就升级到藏我的东西，桌子、椅子也被搬到了教室外面，还有在黑板上写下“小偷山本去死”之类的事。

“单亲就是会养出小偷来，你看是吧。”“听说了吗？她家还没去给高山家道歉呢。”能听到大家这样的议论声，不，应该说是为了让我听到特意说得很大声才对。

国分寺老师也视我为眼中钉，上课的时候会专门揪着我提问，答不上问题，就只能红着脸站着，这时候其他同学就会在底下小声笑我。原来的好朋友也都躲着我，休息和放学时我都是一个人。

母亲也变得很消沉，好像有其他家长发邮件过来骂她。可每次我替她担心的时候，妈妈都会抱住我说“没关系的”，还说“比起这个，你能跟大家和好真是太好了”。我没办法把在学校被欺负的事告诉妈妈。

偷钢笔未遂事件发生后的第三天早上，我走在上学路上，半途中突然难受得迈不开步子，想起教室、同学、老师那些事，手脚就开始发抖，脑袋也变得一片混乱，蹲在地上缩成一团的时候，学校的方向传来了铃声。现在是早晨班会开始的时间，已经彻底迟到了，但我无论如何都走不动。啊啊，我就要这样走上被欺负得不敢上学的路了，正胡思乱想着，突然响起一个声音。

“哎呀？山本同学？”

回头一看，一个背黑色书包的同班男生站在那里。

是理科实验时，舔了滴试纸用的盐水与柠檬汁，然后被老师骂的宗像君。

- 2 -

宗像君是小学五年级时转来我们学校的，从那时起就一直没有朋友。大家嫌弃他的理由非常明显，因为一靠近他，就会有股臭味扑面而来，好像很多天没洗澡的样子，头发上全都是油，指甲缝里也满是黑泥，衣服明显泛黄，一看就是几天甚至有可能几周都没洗过了。换位子的时候，有女生一听要跟他坐同桌，都忍不住哭起来了，但他还是一脸困惑。

“你这家伙，臭死了！快去洗个澡吧！”班上有男生这么跟他说。

“我家……很穷，屋子里没有浴室……”他回答的时候挠了挠头，立刻有白色的头皮屑飘下来，周围的同学哇的一声四散而逃。

我第一次跟宗像君说话，是在小学五年级的冬天。瑟瑟的寒风中，我去便利店的路上，遇到了在地上趴着的宗像君，开始还以为他是摔倒了，细看之下才发现他手上拿着一根棍子，伸进自动贩卖机下面的缝隙里，好像在找什么东西的样子。他注意到我后立刻跳起来，非常不好意思地低下了头，长长的发帘把整张脸都遮住了。

“你在干什么？”

“找、找找看有没有钱，说不定会有人不小心掉进去点儿。”

他的身体不停地发抖，上衣虽然还算能御寒，但也就是往年那件破了洞的运动服。该不会他只有这一件衣服吧。那袖口都磨得发亮了。

“那个，山本同学，”宗像君纠结地扭着两只手的手指说，“突然提这种请求，真是不好意思，不过，能不能借我十日元……”

“……行啊。”

“欸？真的吗？！”

“嗯，反正也就十日元……”

我当场从钱包里拿了十日元给他。

“我绝对不会忘记你的恩情，刚好就差这十日元啦。”

他从口袋中又掏出几枚硬币，都是些脏兮兮的五日元和十日元硬币，宗像君满脸洋溢着笑容地数了数这些钱。我心想他大概要买些热饮或者点心之类吧。然而，宗像君跟我一起走到便利店之后，买的却是一张邮票。出了店门，他从口袋里掏出个棕色信封，舔了舔邮票粘到上面。

“那是啥？”

“信。寄给我姐姐的。我爸特别小气，不给我钱买邮票。”

他说自己的姐姐独自住在其他城市，偶尔会寄钱回来。宗像君想写信谢谢姐姐，但怎么都凑不齐邮费。我偷瞄了一眼那个信封，背面写着他家的地址，是个离我家有点儿远的地方。便利店前就有邮筒，宗像君用两只手小心翼翼地把写着姐姐住址的信封投了进去。

“这十日元我总有一天会还给你的。”他反复谢过我后就回家了。

要说我们的友情从此开始逐渐加深，那当然是绝不可能的。虽然他后来在教室里跟我搭过话，说“之前谢谢你了”，但我当时正跟好友聊得起劲儿，而且被班上其他人误会我跟他关系很好的话，说不定我也会被大家讨厌，因为害怕这点，我很冷淡地装作没听见，理都没理他。从那之后就再没跟他有过交谈，过了春天，又到了夏天，然后就发生了钢笔事件。

我蹲在上学路上，而宗像君盯着我的脸。

“上课要迟到了哟。”

我被孤立的事，宗像君怎么可能不知道。

“那种地方，再也不想去了。”

“这、这样啊……明白了。”

他朝学校的方向走去。

然而突然，他又掉头回到我旁边。

“我也翘课算了，只要赶在发午间餐前过去就行啦。”

每天的午间餐他总是吃得风卷残云，还要尽可能多盛几次，应该是经常在家里挨饿的缘故吧。后来我才听说，由于迟迟不交饭费，又次次都要多吃，国分寺老师很嫌弃他。

“在这里闲逛会被车撞到的哟。”

他招招手把我带到了河边。细长蜿蜒的河流仿佛是把几块住宅区拼接起来的缝合线。我们顺着混凝土楼梯下到河岸边，眺望了一会儿水面后，宗像君开口问我：“我有点儿事想问一下，高山君的钢笔，是山本同学拿的吗？”

“才不是呢。”

“真的？你说实话吧，我不告诉别人。”

“我没拿！我、绝对、没有拿！”

“明白了，我相信你。我还欠着你十日元，所以就给你十日元份的相信吧。”

“太少了！”

话虽如此，但我还是有点儿惊讶他依然记得冬天那件事。宗像君从书包里掏出了短短的铅笔头和皱巴巴的笔记本。

“趁现在还记得清楚，我们把那天发生的事写下来吧。”

“干吗？”

“为了解开谜团啊。只要证明山本同学没有偷，问题就解决了。”

“但是，要怎么做呢？”

“这个嘛……”

我偷偷望向他盖在发帘下的眼睛，眼神中的认真让我不由得咽了下口水。

“从现在起，我们俩一起努力吧。”

宗像君开始问我那天发生的每一件事，而我则在不断的叹气中把所有想起来的都告诉了他。顺便我还问起了他在理科实验中舔了盐水和柠檬汁而被骂的事，他红着脸回答“是因为那些看起来挺好吃的”。

- 12：15—13：00　　午间餐（这时还在）
- 13：00—13：45　　午休
- 13：45—14：00　　大扫除
- 14：00—15：50　　实验（发现没有了）
- 15：50—　　　　　回家（会被发现！）

宗像君在笔记本上潦草地写下了那天下午的日程，括号里注明的似乎是当时钢笔的状态。

“全是假名啊。”我在旁边感叹着。

“笔记这种东西嘛，当然是速度优先喽。”

“为什么唯独‘午间餐’写了汉字？”

“因为，我超喜欢这个词的。”

“可是，你怎么知道午间餐时钢笔还在呢？”

“那天国分寺老师是跟高山君他们组一起吃的午饭。”

我们学校在午间餐时，会让大家按组把桌子拼在一起吃饭。而班主任会挑一组坐下跟他们一起吃。老师搬一把自己坐的椅子过来，然后其他人把餐盘挪开点儿，腾出个空间好让老师把自己的餐盘放上来。

“吃饭的时候，老师问那个组的人‘大家的宝物都是什么啊’。我坐得离他们很近，听得一清二楚。高山君就把钢笔拿出来给老师看了。所以，吃饭的时候，钢笔还在高山君手上，那之后才消失的。”

“钢笔为什么会消失呢？是高山君自己弄丢了，还是被谁偷了呢？”

“如果是高山君自己弄丢的，那为什么会出现在山本同学的书包里呢？”

“应该是掉在哪里之后，被人捡起来，然后错放到了我的书包里吧？”

“如果真的有人并非出于恶意而这样做了的话，那么在山本同学被指认为犯人的时候，就该站出来说句话不是吗？没有这么做，说明他是故意的。不过我怎么都觉得是被偷的。你看，高山君那么宝贝这支钢笔，不应该轻易弄丢它才对啊。”

钢笔放在高山君的铅笔盒中，而铅笔盒放在他的课桌里，想偷钢笔的话，必须把手伸进桌斗里。那样一来肯定会被其他人注意到。我把这个问题说给宗像君听。

“做实验的时候已经不见了，也就是说在午休或者大扫除时被偷的。大扫除时肯定不行，周围人太多了。”

因为有两个组负责的区域是教室，所以屋子里有二十人左右。要想避开所有人的耳目偷走钢笔是不可能的。

“确实呢。只可能是在午休时偷走的钢笔。那天午休时，山本同学在干什么呢？”

“我记得是跟铃井同学、福田同学一起聊天。地点好像是教学楼后面那边。”我说出了好友的名字。

“如果铃井同学和福田同学肯在大家面前说出那天午休你们在一起，山本同学的嫌疑说不定就能解除了。”

“这个就……”

自从那件事以来，她们就再没跟我说过话，真的还能为了我在大家面前说出实情吗？如果被认为是我的同伙，可能反而会跟着一起被欺负。快到中午时，宗像君站了起来。

“午间餐要开始了，我得去学校了。因为今天是我等了好久的三色肉松盖饭！”

“你记得真清楚啊。”

“一个月的配餐表我都记在脑子里了。”

宗像君挠着头，在满天飘落的头皮屑中转身往学校的方向走去。

下午的街道因空无一人而无比安静，只有我还在闲逛。实在没有地方去，我又沿着原路走回了家。傍晚妈妈回家后就问我：“今天没去上学吗？老师给我公司打来电话了。”我跟妈妈说走到学校附近突然觉得不舒服，然后就回来了。妈妈看起来比之前瘦了些，是因为担心我吧。我觉得很难过，就说了句“对不起”。妈妈像是快哭了一样摇了摇头。第二天，然后第二天的第二天，我还是没有去学校。

- 3 -

一周后的某一天，玄关外传来一点儿响动，我走到外面，看见投递口里塞着一团纸，展开一看，是年级报和作业讲义。我能想到是某个同学送来给我的，不过也看得出他很不情愿。

偷了钢笔，然后藏进我书包里的犯人真是可恨。都是因为那家伙，我才被人误解，受尽了同学的冷眼。但是，犯人到底为什么要这么做呢？如果想把钢笔占为己有，应该是放进自己的书包才对。

说不定犯人就是想让我被同学孤立，陷害我是小偷的目的就是让大家讨厌我。若是这样，那犯人一定是夏川同学。我的两个好朋友就跟我这么说过。

“夏川同学喜欢海野君哟。”

“而大家又都在传海野君喜欢的是山本同学，所以咯，一定是因为嫉妒。”

之所以会有这样的传言，是因为海野君经常盯着我这边看。海野君是个仪容整洁的男孩子，给人留下的都是清洁干净的印象。说我完全没在意过他，那肯定是谎话。

我站在玄关前面叹了口气，正要返回家中的时候，突然响起一个声音。

“山本同学。”

回头一看，是背着书包的宗像君。

我家的房子是比较老旧的一户型，也是妈妈的娘家。宗像君脱下破破烂烂的鞋子，诚惶诚恐地进到屋内。他从我面前经过的时候，传来了一股野狗身上特有的气息，然后我就看见了他那油腻腻的头发。满身鸡皮疙瘩的我终于忍不了了。

“宗像君！我有事拜托你！”

我打开了热水器的开关，把他推进了浴室。

“肥皂什么的随便你用，能不能请你先洗个澡？！之后我们再说别的！”

我把淋浴的使用方法教给了一脸困惑的宗像君，然后就关上了浴室门。虽然想把他的衣服也洗了，但我家又没有男生的衣服可以借给他。如果爸爸的衣服还留着，大是大了点儿，但至少能给他穿穿。然而，爸爸跟公司的年轻职员出轨后，就与妈妈离婚了，然后逃跑似的搬去了很远的地方，衣服也被妈妈扔掉了，连一件衬衣都没留下。

宗像君从浴室出来时果然浑身清爽了很多，虽然衣服还是平时那件破了洞的衬衣和脏兮兮的短裤，但终日笼罩着他的邋遢气场已经消失了。我也终于能发自内心地欢迎他了。

“请坐这边！”

等他在餐厅的椅子上坐好，我又拿出了吃的，都是些便利店或超市常见的小吃和巧克力点心。

“我们边吃边聊吧。”

可是他一直都没有碰那些吃的，似乎是很不好意思。我打开一包点心，抓了把吃，他才终于也小心翼翼地吃了起来。

宗像君放学后来找我，是为了向我报告他在学校的调查结果。其实他并不知道我家的地址，是偷偷跟在给我送讲义的同学后面找来的。当然也目击了要交给我的讲义被揉成一团硬塞进投递口的过程。我问是谁干的，他说了个女生的名字。我和那个女孩子因为回家方向一致，以前放学时还经常一起走呢。

“那个，话说回来，给你看这个……”

嘴里塞满了点心的宗像君带着一脸幸福的表情，从他破破烂烂的书包里，拽出了破破烂烂的笔记本，展开里面破破烂烂的内页，给我看上面密密麻麻的铅笔字。

“关于那天的事我已经问过大家了，不过有几个人什么都没说就转身跑了，所以没有问到所有人……”

我开始看他的笔记本。

【午间餐时发生的事】

高山君把钢笔拿出来给大家看。午间餐结束后大家把椅子扣在桌面上，推到了教室后方。

【午休时发生的事】

教室里基本没什么人，大家都在外面玩，只是不时有人回到教室？不知道谁会在什么时候回来（我在图书馆看书）。山本同学在教学楼后面，跟铃井同学、福田同学在一起。

【大扫除时发生的事】

教室内有大约二十人。高山君也是打扫教室的人之一。没可能在不引起任何人注意的前提下从高山君的桌子里偷走钢笔（高山君本身是犯人的情况另当别论）。

山本同学的毛巾被夏川同学拿来当抹布了。夏川同学说“从地上捡到的”。可是，打扫教室的竹中同学和牧野同学看到，夏川同学从山本同学的架子里抽出了毛巾。

【理科实验中发生的事】

第五节和第六节课，在理科教室做实验。开始十分钟后，高山君发现钢笔不见了。我因为舔盐水和柠檬汁而被老师骂了。

【回家会之前发生的事】

从理科教室回到班上，高山君、榎本君、来栖君、佐藤君一起寻找钢笔。榎本君发现了架子上的墨水污迹，说这不是山本同学放书包的格子吗？山本同学回来，看了书包里面，发现了钢笔。

被同学们敬而远之的宗像君，要获得这么多情报可想而知有多难。大扫除时间那一栏引起了我的兴趣。

“果然，我就觉得是这样。那条毛巾，捡到什么的果然是谎话。夏川同学就是从我架子上拿的。”

宗像君吃过点心之后又塞了一嘴煎饼。我向他讲了自己怀疑夏川同学偷钢笔的事。我告诉宗像君她多么讨厌我，还有讨厌的理由，以及迄今为止几次找我碴儿的事。说着说着我才注意到没给他拿喝的，于是赶紧端出了麦茶。宗像君看着自己的笔记本，带着灵光一现的表情问我：“被当作抹布的毛巾，是放在架子上的？放书包的那个架子？”

“是啊。就压在书包下面。因为宽度跟架子的尺寸正好一致。”

宗像君一脸惊讶，连忙让我说得更详细些。为此我特意找来了那条带回家的毛巾演示给他看。“就是这样叠，然后放在架子上的，”我把毛巾叠了三折，“这样一来就跟架子一样宽了。”然后将毛巾交给了宗像君。

他似乎陷入了沉思，一时没有开口，不过拿点心的手倒没有停下。等到窗外开始染上夕阳的红色，他才终于出声。

“我说，山本同学，理科实验的过程中，你记得有什么事吗？比如，都有谁离开了理科教室？”

“课间休息时，大家都是自由出入的呢。”

实验占用了下午两节课，但是中间夹了十分钟的休息时间。

“休息时间以外，是不是也有人出入理科教室？”

“有几个没来得及去厕所的，后来老师准许他们上课时去了。”

宗像君渐渐沉默下来。我把米洗好放进电饭锅，然后按下开关时，他正好站起来说“我该回去了”。

目送他的背影离开没多久，妈妈就带着菜回来了。我们一起吃晚饭的时候，妈妈突然对我说“吃太多点心会发胖哟”。因为她看到了垃圾桶中塞着大量的空点心袋子。

第二天，我还是没有去学校，在家里待了一天。傍晚的时候，门铃响了，我以为又是宗像君就去开门，却看到海野君站在门口。

“那个，给你这个。”

他递上了折得很整齐的讲义。一般都是由回家顺路的人轮流给缺席的人送讲义的，看来今天轮到海野君了。他身上穿着与宗像君完全不同的整洁衣服，怎么挠头也不会有头皮屑撒下来，更不要说他用的那种让人觉得味道很香的洗发液。

“谢谢。”

接过讲义，不知为何，突然有点儿不好意思地沉默下来。

“那，我就走了……得去辅导班了。说起来，宗像君他，好像在跟大家问来问去的，有什么事吗？”

“他在帮我。”

“要小心点噢，据说宗像君，在之前的学校被抓到过偷拿东西。我是听国分寺老师说的。就觉得还是，不要跟他来往太密的好。”

海野君说完就离开了玄关，快步顺着我家门前那条路走了。家里又剩下我一个人了。

本来想看看书的，但总惦记着海野君说的事，怎么也静不下心来。我还是第一次听说宗像君被抓到偷了东西。还说什么不要跟他来往太密，让我更加担心了。

我收拾好走出门外，想着无论如何也要找宗像君问一下，便向他住的那片区域走去。前一年的冬天，宗像君向我借十日元的那天，我在他拿的那个棕色信封上看到了住址。虽然不记得具体小区，但对那片街道还是有印象的。

走了一段后，景色越来越萧瑟起来。一进入他住的地区，就开始有扬沙飞尘的翻斗车在身边来来往往。滚滚浓烟从工厂的烟囱一直升腾至空中，仿佛随时都会坍塌的单元楼，被西沉的太阳染成了红色。我一边查着贴在邮递信箱上的门牌标签，一边继续向前走，又看到赤裸上身、形似黑社会的男人站在路边抽烟，他的眼睛一直盯着我，吓得我不由得加快了脚步。

“哥哥——！吃我一招——！”传来一阵小孩子的吵嚷声，沿着破破烂烂的狭窄小道望过去，只见宗像君正陪着一群幼小的男孩、女孩玩耍。小孩子们从四面八方围攻着他，宗像君一面连连惨叫着“疼疼疼，别打了，别打了，别打了”，一面在地上打滚。并不是被欺负，只是陪他们玩而已。我走上前去，跟他打招呼。

“宗像君？”

“哎呀？山本同学？你怎么在这里？”

他那张满是污泥的脸上露出不可思议的神情。跟他在一起的都是邻居家的小孩子，见我跟宗像君聊起来，他们就互相追逐着跑去别处玩了。

“刚才海野君来给我送讲义了。”

“海野君吗？”

“我听说了……偷拿东西的事。宗像君，你在以前的学校，被抓到偷拿东西，这是真的吗？我越想越觉得不安，就想来问你一句，偷走钢笔的人，不会是宗像君吧？”

他垂着头，发帘几乎遮住了整张脸。

“偷拿东西的事是真的。那时我实在太饿了。走在商店街上，不知不觉就把店前面摆放的点心揣进了衣服里。不过，偷钢笔的人真的不是我。”

“我可以相信你吗？”

“真的不是我。”

“知道了。就像宗像君相信我那样，我也相信宗像君。”

松下这口气，我重新开始观察周围的建筑。我家已经算是够老旧的了，但比起这一带的房子却还要好得多呢。宗像君指给我看面前的两层简易楼，沿着布满铁锈的金属楼梯走上去，二楼其中一间就是他的家。

“现在我爸爸喝醉了正睡着，没法带你去我家了，万一把他吵醒就麻烦了。”

“你姐姐还好吗？”

“嗯。应该还在努力工作。”

据说他姐姐在一个叫“肥皂岛”的地方上班，当时的我还不知道那是个什么样的店。

“抱歉，这么突然地跑来了。”

“没事啦，来得正好，我有事要跟你说。”

“什么？”

“铃井同学和福田同学都没有理我，似乎是不想聊起跟山本同学有关的事。”

“这样，那就没办法了呢。”

现如今，跟我扯上关系的话，很容易就会被当成是我的同伙而受人欺负。她们想要保持距离的心情，我也能够理解。

“不过，我说山本同学，明天，你来学校一趟吧。”

“学校？！”

“我感觉已经能证明你的清白了。不过要把话说清楚，还是得山本同学自己到场。”

宗像君的书包就扔在他脚边，看起来他放学后连家都没回就跟附近的孩子玩了起来。他从书包中掏出笔记本，撕下了其中一页交给我。

“这个是今天查清的一些事，我都写下来了。”

我接过来，就着昏黄的夕阳快速看了一遍。

【理科实验中发生的事·追加记录】

得到老师的允许去上厕所的一共五个人。

榎本君（A），高山君（C），海野君（B），夏川同学（A），井上同学（A）

海野君在上厕所之后还去了趟保健室（他自己似乎还想隐瞒，但调查后可以确定这一点）。他找保健室老师要了创可贴，说是“手指受伤了，想用创可贴贴一下”，但老师并没有看到他的手指有伤口。

我歪着头想不明白。这是什么啊？实验中有谁去过厕所是这么重要的事吗？

“话说，这些字母是什么意思？名字后面为什么还要加上 ABC 啊？”

“啊，我忘记加备注了，那是他们各自上厕所的地点。A 是二层楼梯附近的厕所，B 是一层理科教室附近的厕所，C 是一层教研室附近的厕所。”

“嗯……那海野君去保健室的事为什么也写在这里？”

“因为很重要啊。”

“为什么？”

“因为海野君就是犯人啊。”

追逐嬉戏的小孩子们又是叫又是喊地从我们面前跑过。我以为是自己听错了，反复跟宗像君确认了很多遍。夕阳终于也落下去了，天空的颜色渐深，薄纱般的黑暗从四周聚拢过来。

- 4 -

跟妈妈吃过早饭，我拿着书包和手提袋走出家门，惊讶地发现宗像君就站在我家玄关外面。

“我来给你弄个能提升勇气的护符吧。”

他从口袋中掏出一管黑色的美术颜料，绕到我背后摆弄着我的书包。十秒左右，那个什么护符就弄好了。

“你没干什么奇怪的事吧？”

“没有啦，没有啦，毛巾带了？”

“装在这里了。”

我让他看了看手提袋。昨天分别的时候，他特意对我说，去学校的时候一定要带上那块被当作抹布的毛巾。

“很好。那我就先走了。”

说完，宗像君朝着学校走去。

而我也拖着沉重的步伐出发了。退缩的念头不时就会涌上心头，我拼命忍着，一点儿一点儿向学校靠近，途中在河岸边坐了一会儿，在马路上徘徊了一会儿，甚至还走回了家门口，就这样花去了几个小时，结果也不知道那个护符有没有起效。

即便如此，我还是打算到学校去，因为实在太在意宗像君昨天说的话了。他非常肯定海野君就是犯人，却又不肯告诉我理由。“只要你明天肯去学校，我就把一切都告诉你。”说完这句，他就再也不肯开口了。

白色的教学楼总算出现在眼前，踏进校门时过度的呼吸令我感到窒息，已经过了十一点。穿过楼道，上了台阶，压抑着想要呕吐的欲望，我推开了教室的门。

这时正在上第四节课。班上同学的视线一瞬间全部投向了我。正在黑板上写数学公式的国分寺老师停下手来，说了句：“哎呀，你来啦。”我拖着打战的双腿往自己的座位上走。大家仍然不时偷瞄我几眼，然后小声地议论纷纷。看到了好友铃井同学和福田同学的脸。钢笔的主人高山君显得非常惊讶。夏川同学、榎本君，还有其他一部分同学都皱起眉头瞪着我。宗像君和我对了一下眼神。我把书包挂在桌旁，拉开自己的椅子坐下来。

海野君也和大家一样回头看着我，像是在观察我的一举一动般盯得紧紧的。

“山本同学，谢谢你拿出勇气来上学。那么大家，我们重新开始上课吧。”

国分寺老师面带微笑地说道。

我的桌面上还留有铅笔涂鸦的痕迹，不过很明显已经被橡皮擦过了，橡皮渣还零星可见，分别有浅粉和淡蓝两种橡皮的渣滓。我记得两位好友就各自用着这种颜色的橡皮。

环视教室一周，我发现后面墙壁上的装饰变得不一样了。现在展示的正是事件发生当天大家做的理科实验总结。按照分组，贴着老师拍下的照片，照片中是各组组长用手举着实验试纸。这么说来，海野君也是组长来着，他们那一组的照片上一定是他的手。

我打开书包，准备拿出教科书的时候，有什么东西打到了头，低头一看，地板上滚落着一个纸团。我捡起纸团，将它展平，上面写着“小偷去死”。

“那个，老师……”

听到声音，我抬起头来，就看见宗像君站在那里。全班都望着他。

“老师，我有事想说。”

“什么事？”

“是钢笔被偷那天的事。我稍微做了点儿调查。”

我的胃就像被拧了一下似的。果然，还是应该算了吧。我发自内心地恳求他不要再兴起波澜，然而他继续说着。

“我认为，山本同学被当成犯人，是一个误会。”

国分寺老师扬了扬眉毛。

“这件事与上课无关，你坐下吧。”

“可是……”

“坐下！”

国分寺老师的语气已经相当可怕了。宗像君一脸困惑地挠了挠头。周围的同学马上稍微挪远了桌子以便跟他保持距离。大概是想躲开那些落下的头皮屑吧。

“快坐下，宗像君！”

国分寺老师用教师专用的教科书敲打着讲台桌，大声说道。有几个人甚至被吓得肩膀一震。不过宗像君却没有丝毫动摇。他直直地盯着老师的眼睛，突然，踏着自己的椅子站到了课桌上。全班都愕然地抬头仰望着他。而他两脚站在桌子上，也居高临下地环视着我们。

“山本同学不是小偷！我可以把这件事说清楚！所以请让我说吧！”

国分寺老师走到宗像君的位子上用尽全力想把他拽下来，而宗像君则拼命抵抗，用他那双破破烂烂的鞋子在老师衣服上留下了无数的脚印，这无疑让老师更加愤怒了。周围的女孩子都尖叫着逃到一边，远离扭打中的两人。坐在远处的同学则站起来寻找能看得更清楚的位置。骚乱的动静甚至传到了隔壁教室。国分寺老师终于架住宗像君的两只胳膊把他拉到地板上时，正赶上隔壁班的老师因为担心而跑来看情况。“没事吧？”隔壁班老师问。“啊啊，不要紧，什么事也没有。”国分寺老师赶紧回答。

“大家都坐下吧。”

几乎所有同学都回到了座位，但宗像君依然站着。

教室的时钟指向十一点四十五分，还有三十分钟就是午间餐时间了。国分寺老师终于不情愿地答应了宗像君的请求，大概是因为她发现这样下去也上不了课。老师带着一副“这叫什么事啊”的神情坐到了摆在教室前方窗边下的椅子上。

宗像君站在讲台上，开始往黑板上写事件发生当日午后的时间表。他问过高山君，确认了午间餐时跟老师聊天的内容，以及那时钢笔还在他手边的事。脏兮兮又邋遢、头皮屑乱飞、散发着奇怪臭味的他，一直都是大家避之唯恐不及的。没有任何人知道他的性格以及他的想法。对大部分孩子来说，与他交谈也肯定是第一次。

“大扫除的时候，教室里有很多人。所以，能够从高山君放在课桌内的铅笔盒里偷走钢笔的时机，我认为只有在午休期间教室空无一人的瞬间。但是，山本同学在午休期间并没有进过教室。”

“你有证据吗？”

听到国分寺老师这样问，宗像君垂下了视线。

“山本同学说她没有进过教室。”

“仅凭本人的说辞是不能当作证据的。”

宗像君为难地挠起了头。我也开始感到不安。

“午休时间的事怎么都无所谓啦，”说话的是从我的书包中翻出钢笔的榎本君，“重要的是，钢笔是在山本的书包里找到的。”

“这么说来，在山本同学的架子上发现墨水污迹的就是榎本君吧？”宗像君问道。

“是我发现的，那又怎么样？”

“山本同学的架子上有墨水污迹。正是这一点才奇怪。因为午休时，山本同学的架子上铺着毛巾来着，对吧，夏川同学？”

所有人都回头去看夏川同学。

“欸？什么？为什么问我？”夏川同学吓了一跳。

“大扫除的时候，是你把山本同学的毛巾从架子上拿下来的吧？然后当抹布用了对吗？”

宗像君把我总是在放书包的架子上铺一块毛巾和大扫除时夏川同学拿我的毛巾当抹布用的事，一一向全班做了说明。

夏川同学四下扫视着大家的脸，慌忙解释道：“那、那是……掉在地上的，我只是把它捡起来……”

“但是，有人看到你是从山本同学的架子上拿下来的。”

“谁？”

夏川同学恶狠狠地瞪着教室中的每一个人。在她这样的逼视下，竹中同学和牧野同学畏畏缩缩地举起了手。夏川同学立刻把矛头转向她们，但是教室中的其他人却只是冷冷地看着她。大概是明白过来自己无论如何也推脱不掉了，她又反过来对我和宗像君怒目而视。“毛巾怎么样跟这件事有什么关系啊？”夏川同学反咬道。

“我让山本同学把那块毛巾带来了，就请她还原一下当时的情景吧。”

按照宗像君的指示，我从手提袋中拿出毛巾。虽然大家的视线令我心惊胆战，但我还是站起来，把毛巾叠成三折，放到了架子上。由于宽度一样，架子的那一格刚好被毛巾严丝合缝地盖住。我又拿过挂在课桌旁的书包，像往常一样把它放进了架子中。书包前盖的曲面朝前，我突然想到，犯人说不定就是从书包前盖与书包侧面的空隙中把钢笔塞进去的。

宗像君站到我旁边往架子里面瞄，教室里大部分人也都从椅子上站起来想看个究竟。

“那天也是这么放的吗？”宗像君问夏川同学。

“不知道！”夏川同学没好气地回他。

“问你话就好好回答！”榎本君像要冲过来打架似的冲她嚷。

“知道了啦，真是的！……差不多就是这样。我就是从书包下面把毛巾抽出来拿走的啦！满意了吧！”

“你这家伙，真差劲儿啊……”

“山本同学无罪的理由就在这里。”宗像君回头对国分寺老师说。

“什么意思？”

“墨水的污迹，是落在这个地方的。”

宗像君所指的是放着书包的那一格右前方的位置。然而他指着的地方，正盖在毛巾下面。

“这种状态下无论是撞到笔尖，还是被墨水滴到，脏的都只是毛巾，而不会弄到架子上，所以沾上了墨水污迹这件事，是发生在毛巾被抽走的大扫除时间之后。”

宗像君回到教室前方，用黑板上写好的时间表向大家说明。

“换言之，犯人是在大扫除之后把钢笔藏进书包里的。可是山本同学在大扫除结束回到教室时，遇到了夏川同学和井上同学。她就是在那时发现自己的毛巾被当成了抹布的。”

说完，宗像君像是在寻找谁似的巡视了一圈，最终，他的视线落到了井上同学脸上。

“井上同学，那时候你是跟山本同学、夏川同学在一起的吧？”

她困惑地点了点头：“嗯、嗯。我们回到教室，准备好教科书，山本同学先一步去了理科教室。”

“那时候，山本同学有时间把钢笔藏进书包吗？藏起来之前还要把笔帽打开，因为这样才能在架子上留下墨水污迹。顺带一提，那个笔帽是旋拧式的，打开再重新扣上各需要花费五秒左右，除此之外还要考虑到擦掉墨水的时间。”

“我觉得她没那个时间。我们都是从课桌里拿了教科书，然后马上就离开了。我和夏川同学是跟在她后面离开教室的。”

宗像君点点头，看向大家：“在实验中，山本同学一次都没有离开过理科教室。这一点同组的好几位同学都能证明。课间休息时也一直在跟别人聊天。但是实验结束回到教室一看，那支钢笔却莫名出现在她的书包中。架子上还留下了墨水的污迹。尽管山本同学根本没有机会做这些事。”

宗像君的话语强而有力地在教室中传播开来。所有人都在惊异中渐渐接受了他的主张。然而，教室的寂静，终于还是被打破了。

“……说不定，有其他人帮她。”

我回头去看说话的人，是海野君。他用手肘撑在桌面上，眼睛直直地盯着讲台上的宗像君。在此之前，他和其他同学一样沉默地听着，现在终于开口了。

“也许是别人帮她偷了，然后藏起来的呢？”

“你是说有帮凶吗？”

“如果有同伙帮她藏起了钢笔，就不能断言山本同学没有偷了吧？”

“那名同伙，在山本同学一个人受到指责的时候，为什么没有站出来帮她呢？如果我是山本同学，一定会对见死不救的同伴感到愤怒，才不会只让自己一个人受惩罚。”

“说到底这些也不过都是你的想象嘛。另外我还有一个问题要说。那就是墨水的污迹。虽然你说墨水的污迹是在大扫除以后留下的，但真是如此吗？会不会有其他可能呢？比如，山本同学在午休时偷了钢笔，然后打算藏进书包里。藏起来的时候，因为把书包拽出了架子，而导致毛巾掉在了地上。墨水的污迹就是在那时弄上的。虽然山本同学也发现了并且想要擦掉，但没办法弄干净，只好把毛巾重新摆回去遮住，然后再将书包放回原位。这样的话墨水污迹就是在午休时弄上的，并且跟其他情报也没有矛盾之处。”

教室中顿时响起了许多赞同的感慨声，连国分寺老师都在跟着点头。确实如此，如果假设真的是这种情况，那么“我没有在午休期间藏起钢笔”的说法就被否定了。

“要把钢笔放进去的话，只要利用前盖侧面的缝隙就可以了呀，根本用不着从架子上特意把书包拿下来吧……”

宗像君不死心地反驳着，而海野君只是摇了摇头：“那种事我就不知道了。我只是想说你的推论里存在疑点。”

看着沉默下来的宗像君，我的心中一阵苦闷。到此为止，宗像君都在拼尽全力地证明我的清白，即便是在没有决定性证据的情况下，他依然一点点地努力说服大家。然而，由于海野君的联想，这一切都被推翻，打回了原点。

宗像君的眼睛看向我这边，目光中满是畏缩。没办法啦，我在心里默念着。能做的你已经都尽全力去做了。正在此时，教室里响起了椅子摩擦地板的声音。

“……我在午休的时候，一直跟山本同学在一起。”

铃井同学站了起来，向着国分寺老师说道。又是一声椅子响，福田同学也站了起来。

“我也跟她们在一起。所以，不是山本同学干的……”似乎是因为害怕，她的声音战战兢兢的。

铃井同学和福田同学向大家证明着我的清白。

“午休的时候，我们三个人在教学楼后面……”

“一直都没有接近过教室……所以，山本同学不可能偷钢笔！”

如果她们的说法被采纳，那么无论是宗像君的推理，还是海野君的联想，就都不重要了。大家都会相信我是无辜的，然而……

“有证据吗？”海野君问她们两个，“一般只会认为你们是为了袒护朋友而说谎的吧？”

“为什么你要这么说？！”

铃井同学发出哭喊似的声音。没有证据能够证明我们三人一直在教学楼后面。如果有这种东西，宗像君一定会提到的。

一片嘈杂的教室中，国分寺老师拍了拍手。

“明白了，已经可以了，就到此为止吧。大家都安静一点儿。还有铃井同学和福田同学，你们也坐下吧。”

“可是，我们那天午休的时候，真的是三个人在一起的！所以，山本同学没有偷钢笔！”铃井同学说道。

“这一点我已经知道了，就当是这样好了吧。你们三个人在一起，就这样吧。所以，大家都冷静下来。这件事不用继续下去了。”

“老师！老师什么都不明白！”福田同学叫起来。教室里鸦雀无声。“我们三个，真的、真的是一直在一起……因为害怕，所以一直都不敢说出来……老师，是真的……请相信我们……”说话间大滴的泪水从她脸上落下来。

可国分寺老师却只是一脸嫌麻烦的表情。

“所以我不是说相信你们了嘛。山本同学不是偷钢笔的犯人，你们就想说这个吧？老师认同这一点了。所以，这件事就不要再提了。稍微早了点儿，不过今天的课就上到这里吧。”

老师结束了话题，教室里同学们却还是议论纷纷。

我的嫌疑，真的解除了吗？不，老师这么说只是为了控制住场面。大多数的同学还在为各种的主张而亢奋着，忍不住要跟邻近的好友讨论一番。铃井同学和福田同学慢慢坐回了椅子上。我们三个都哭了，互相看看，彼此都是一脸的不安。这个时候，大家的声音终于渐弱下来，最终谁都不出声了。所有人都发现了同一件事：宗像君还站在讲台上。

“宗像君也回去座位上吧。”国分寺老师皱起了眉头。

“老师，刚刚您说山本同学不是犯人，是真心的吗？”

“是啊。”

海野君露出满脸的不服气，但也没有出声抗议。

宗像君继续对老师说：“那么请再给我一点儿时间。老师已经明白了山本同学不是犯人，但是，如此一来，真正的犯人是谁就是个问题了。如果能够找出真正的犯人，大家心中残留的最后一点儿对山本同学的猜疑，也就可以彻底消除了吧？”

时钟的指针刚刚滑过了正午。结果，宗像君并没有离开讲台。

“如果山本同学不是犯人，那么犯人为什么不把钢笔放进自己的书包，而是放进了山本同学的书包呢？恐怕，偷钢笔并不是他真正的目的。也是因为如此，才会故意在架子上留下墨水的污迹。”

教室里寂静无声。由于太过紧张，我飞快跳动的心脏发出巨大的响声，总觉得要被周围人听到了。国分寺老师坐回到了窗边的椅子上。她答应了宗像君的请求，条件是下课的铃声响起时必须结束。可能是害怕不让他把话说完，他就又要站到桌子上去了吧。

“大概，那滴墨水的污迹，就是为了引人找到钢笔所在，是表明‘就在这里噢’的标志。因为如果不这样做，有可能谁都发现不了钢笔，就这么以高山君的钢笔不见了告终。所以犯人的意图，就是让别人在山本同学的书包中发现钢笔，从而嫁祸给她。”

“……等一下，”插话的还是海野君，“就算山本同学不是犯人，墨水的污迹依然可能是偶然弄上的啊？”

“高山君的钢笔帽是旋拧式的，不可能因为剐到哪里而弄掉笔帽。犯人自己不小心在架子上留下墨水污迹根本是不可能的吧？所以，墨水污迹是犯人有意为之。”

“就算不是偶然，像我刚才所说，如果毛巾是拿出书包时带到地上的，那么从这个角度考虑，墨水污迹依然有可能是午休时弄上去的。”

“明白了。不过，现在姑且还是让我在假定没有这种情况的前提下说下去。”

海野君环视了国分寺老师和大家的表情，点了点头："好吧……"

"说到底，犯人是怎样把钢笔放进书包里的呢？我认为是从前盖侧面的缝隙里插进去的。山本同学似乎习惯把前盖朝外放，所以这种方法还是可行的。而且比起把书包整个拿出来要简单得多。这种情况下，就不会把毛巾带下来，而滴上墨水也就是大扫除之后的事了。后面我要说的话，都是建立在这个基础上的。"

他偷瞄了一眼海野君，确认对方没什么要反驳的。

"……当时，犯人为什么没有选择在午休时把钢笔藏进山本同学的书包呢？因为说不准什么时候就会有人走进教室，干这种事的时候被人撞上了怎么行。要么是先把钢笔带在身上，要么是先放在某个安全的地方，总之要等一个教室里只剩他自己的机会。终于，这个机会在大扫除之后出现了。"

宗像君指向黑板上所写的时间表。"大扫除时间"的下一项写的是"理科实验"。

"在实验中，高山君发现钢笔不见了，犯人也在实验中把钢笔藏进了书包。实验占用了两节课时，中间有十分钟的休息时间。不过这时候很多人出入理科实验室，也有不少人回了教室。这种情况下是无法避人耳目地完成往别人书包架上滴墨水的工作的。所以犯人在休息的十分钟内应该没有行动，而是选择了这以外的时间。"

宗像君看了看大家，继续说下去："除了十分钟的课间休息之外，在做实验的过程中，也还是有办法离开理科教室的。实际上在当天，就有几个人得到老师的允许后，在实验中去了厕所，都是课间休息时没去成厕所的人。而我认为，犯人就在这些人当中。当大家都留在理科教室做实验的时候，这个人装成去厕所的样子，实际却回了教室，在避人耳目的情况下可以慢慢实行自己的计划。是这样吧，海野君？”

听到他这么说，所有人都露出惊讶的表情。

“海野君，就是你把偷来的钢笔，藏进山本同学书包里的吧？”

教室里仿佛没有任何人听懂了他的话。大家面面相觑，眼神中传递着“这家伙在说什么胡话啊”的意思。海野君不只外形上从头到脚干净整洁，学习也非常好，还被大家推举成了学习委员。而另一方的宗像君则是肮脏和恶臭的源头。可以说两个人有着天壤之别。我当然是相信宗像君的，可是跟他没有任何来往的同班同学们会怎么想呢？

海野君自然也吓了一跳。他一下从座位上站起来，看向国分寺老师。

“老、老师！我没有做过！”

老师瞪着宗像君：“适可而止吧！你这样说有什么证据吗？”

国分寺老师也是相当信任海野君的，理所当然会护着他。然而宗像君却完全不理会老师的问话。

“在理科实验中，得到老师允许去过厕所的，就我问到的范围内一共有五人。也可能有人是忘记了，说不定还有更多人去过。但是，在这五人之中，有一个人的行为非常可疑，那就是你。”

海野君站在座位上与讲台上的宗像君对峙着：“那天我确实在你说的时间去了厕所，但这又有什么关系？”

“昨天，我问过你的吧？‘你去的是哪个厕所？’你还记得自己是怎么回答的吗？”

“是理科教室旁边的厕所啊。这还用问吗？”

说得没错。在理科教室做实验的时候，当然是去旁边的卫生间上厕所。谁还会特意绕远道呢？

“是啊，还用问吗？可是，其他四个人都不是这么回答的。”

“欸？”海野君的脸上露出意外的神色。

“五人中的三人去了二层楼梯附近的厕所，剩下的一人去了一层教研组旁边的厕所。这两个厕所都远离理科教室。而且，在课间休息时去过厕所的人，我想也都会这么回答。那一天，使用过理科教室旁边厕所的人，大概全校也只有你一人了。”

海野君显得非常困惑，倒是班上的其他人中，有几个似乎明白了宗像君的意思，倒吸一口气的声音此起彼伏。我也终于想起了那天的事。

“那一天，理科教室旁边的厕所是无法使用的。然而你却说自己去的就是那个厕所。之所以你没有看到厕所门口贴的那张‘维修中，暂停使用’的告示，就是因为你根本没有去厕所，而是回到了教室对吧？”

“……是我说错了，”海野君僵着一张脸开口道，“想起来了，我去的也是别处的洗手间。只不过你昨天问的时候我就顺嘴一答。现在细想的话，那边确实是暂停使用的。”

“因为你的回答很可疑，我就着重调查了一下。比如说，大家看，就是那里。”

宗像君指向教室后方的展示板，上面贴着那天以组为单位的实验总结。实验的经过和结果都用五颜六色的记号笔写在上面，还附带着照片。

“你们组的照片上，捏着试纸的就是你的手吧？虽然没有照到手，但每组都是派组长为代表拍照的，所以那应该就是你的手没错。你的手上贴着创可贴对吧？”

所有人都转头去看照片，并没有什么特别奇怪的地方，只是滴上碱性溶液而变蓝的试纸上带着一点点红色，可能是实验失败了吧？值得注意的也就这么一点而已。

“我问过保健室的老师了，你应该是在离开理科教室后，去保健室要了那个创可贴。跟保健室老师说的理由是手指受伤了，对吧？”

海野君一瞬间咬了下嘴唇。

“……去厕所的时候，我弄伤了手指。说出来有点儿傻气，是摔倒时割破的。所以去过厕所后，就找老师要了创可贴。”

“那时候的伤还留着吗？可以给我们看看吗？”

“早就没了。”

“真的是受伤了吗？我不这么认为。你是为了必须把手指藏起来才贴的。因为以那样的姿势拍照，手指会被记录在照片中，所有人都能看到。这样一来，留在指尖上的东西，就会暴露自己是犯人的事实。虽然你努力洗过手，但没办法彻底洗干净对吧？墨水的污迹到头来还是如你所愿发挥了作用呢。告诉了我们‘真正的犯人就在这里’！”

宗像君撩开了乱蓬蓬的发帘，他的眼神中流露出令人厌恶的笑容。那样子让我感到有种说不出的违和，还是第一次看到他有这样的表情。为什么看起来，像是在嘲笑海野君似的？

“快点儿坦白了吧。你从实验中跑出来，一个人去了教室，在把钢笔藏进山本同学的书包之前，先在架子上留下了墨水的污迹。但在那时发生了意外。墨水沾到了你的食指指尖上，也许是渗到了指甲的缝隙里。虽然你去洗过手，但还是很难弄干净。如果就这么回来做实验，自己的手很可能被拍进照片。这样一来就等于向大家证明了自己是偷钢笔的犯人。所以你去找老师要了一个创可贴，打算以此掩盖住。"

"胡说！"海野君瞪着宗像君大喊。

"哼，我哪里胡说了？"

"大家不要被他骗了！这家伙所说的，不过都是推测而已！他连一点儿证据都没有！我真的是手指受伤了！"

"很快就能愈合的伤口，还需要特意去贴创可贴吗？海野君，你也太弱不禁风了吧？"

"烦死了！闭嘴！闭上嘴你这个穷鬼！"

海野君的声音回荡在教室中。大家都无法掩饰自己的困惑之情，从来没有听海野君这样讲过话，连国分寺老师都吓了一跳。

"这就是你的本来面目吗？"

海野君用手指着宗像君，回头看向众人："这家伙一定是想把自己干的坏事嫁祸给我！一定是这样！犯人就是他！因为这家伙，在以前的学校就偷东西被抓到过啊！偷钢笔这种事，也肯定是他干的！他是想把钢笔卖了换点儿零花钱！老师，你是相信我的吧？"

国分寺老师一副不知如何是好的样子僵在原地。

海野君好像突然想到了什么："对、对了！大家都忘了吗？墨水的污迹也可能是午间休息时弄上去的啊！是因为书包被拿下来过，才导致毛巾掉到地上的啊！犯人是在午休时藏起钢笔的！说什么是我在做实验中藏起来的，不过是那家伙栽赃我而已！夏川同学，你来证明给大家！”海野君又看向夏川同学，吓得她肩膀都抖了起来。“你把山本同学的毛巾拿来当抹布的时候，看见架子上的墨水了吧？！对吧！没错吧？！你只要这样说一句，钢笔就是在午休时被藏起来的了！我也不会被当成是犯人了！拜托你了，快说吧！”然而夏川同学只是用恐惧的眼神看着他。

“跟其他人拉关系也是于事无补的。你的对手在这里。而且，除此之外，我还有别的证据，能够证明犯人就是你。那可是决定性的证据。”

宗像君的脸上露出蔑视他人的笑容，仿佛是受了这个笑容的刺激，海野君更加激动起来。

“证据？！在哪里？拿出来看看啊！”

“事先说明，这可不是我捏造的。为了这次的事，我仔细调查了山本同学的书包，因此才发现的。”宗像君走向教室后方的架子，拿出了我刚才放在里面的书包，“山本同学，我借用一下。”

海野君离开自己的座位走到他旁边。宗像君抱着我的书包与海野君在教室后方相对而立。

“你再站远一点儿。我怕你想毁灭证据。”

“哪儿有什么证据？”

“你自己都没注意到吧。食指上沾着墨水的情况下，你碰了书包上的某个部位。没错，留下了带墨水的指纹呢。而且这个指纹可清晰了，能够轻松辨认谁是犯人。只要跟你的食指指纹对照一下，你就没话说了！”

“说谎！”

“是真的噢。你也有犯傻的时候嘛……”

海野君突然向宗像君扑过去，争夺一阵，他从宗像君手上抢到了书包，粗鲁地来回翻看着书包的外侧，但似乎并没有找到像是证据的东西，然后他又打开锁扣去看书包里面，因为颠来倒去地翻腾，我的书本和铅笔盒都掉了出来，散落在他脚边。

“在哪里啊？！”

“你看，就在那儿。有一块墨水的污迹吧？”

宗像君所指的是书包前盖里侧的位置，在靠近边缘处有一块黑色的痕迹，确实看起来很像沾着墨水的手指印上的形状。我也是现在才注意到这块污点。不对，再怎么说注意不到这个也太奇怪了。

我想起了今天早上，宗像君在我家门口，对我的书包动的手脚。虽然他说这是勇气护符。记得当时，他确实拿着一管黑色的颜料来着。

我一下明白了宗像君的用意。他伪造了一个证据。

“哈、哈哈……”海野君抱着我的书包发出了干涩的笑声，“哈哈哈哈……”他的肩膀奇怪地抖动起来。班上所有人都对他投以厌恶的目光。“这个，根本不是嘛，哈哈哈哈，哈哈哈哈，这个，哈哈，连墨水都不是，哈哈，哈哈哈哈。明明就是颜料……”宗像君脸色发青：“哎，不、不是啦，那个，就是墨水的污迹……”“哈哈哈，你是打算陷害我吗？哈哈哈哈，这个污迹，哈哈哈，才不是我弄上去的……”“胡、胡说，就是你拿书包时蹭上去的！你在那个时候，就是碰了这个地方！”“哈哈哈，那个时候我啊，根本就没有碰这里，这个玩笑太幼稚了，哈哈，哈哈哈哈……”

宗像君一瞬间松了口气，嘲讽的表情从他的脸上完全退去，他回头看着班上的其他人。

“海野君刚刚这样说了。‘那个时候我啊，根本就没有碰这里。’”

海野君还在继续笑着，他似乎没有意识到自己说了什么。而宗像君这句话的含义，慢慢浸透了整间教室。在此期间，海野君的笑声逐渐变小，最后终于完全消失了，并且他也明白过来自己脱口而出的话代表了什么。

“等、等一下，刚才那个，是他……用这种幼稚的圈套设计我！”

宗像君指向教室后方的墙壁，那上面贴着理科实验相关的展示。他的眼睛瞄向海野君那一组的照片。

“你捏着的那张蓝色试纸，在手指接触的地方变成了红色吧。你在试图洗掉手上沾的墨水后，马上贴了创可贴，所以才会变成这样。溶解了墨水成分的水，会被创可贴吸收。我也查过那支钢笔所用墨水的生产厂家了。外国的墨水都带有很强的酸性。也就是说，那一天，你的手指确实沾上了墨水。试纸的变化就能证明这一点。”

下课铃声响起，第四节课结束了，时间是十二点十五分。走廊里传来了学生们穿行聊天的声音，然而教室中却一片寂静。国分寺老师也同样沉默着。这之中只有一个人——宗像君，动了起来。他从呆立的海野君脚边，将我的书本捡起来。他的表情已经恢复了寻常神色，刚刚那戏谑的模样，可能只是为了激怒海野君而特意表演出来的吧。宗像君把书包和捡起的东西一起抱到了我的座位上。此时我才看到他的手指、手腕、肩膀和腿都在打战。是啊，如果没能成功让海野君说漏嘴，可想而知现在的你是何等处境。因为伪造证据，大家说不定会比对待我更加残酷地对待你。

“已经结束了……”

我对他说。他的眼中饱含着泪水。宗像君一定也很不安吧，一直在与紧张和压力战斗着。为了不被大家察觉而拼命忍耐住了，但其实，他也是很害怕的吧。

- 5 -

最终，海野君的动机是什么呢？为什么他会如此恨我呢？传言不是还说他喜欢我的吗？其实，之所以会有这样的传闻，就是因为有人发现他总是朝着我的方向看。大家都以为那是出于某种善意的感情，事实却并非如此。他对我抱有的应该只是憎恶之情，一有机会就会给我设下陷阱，平时也只是为此寻找时机而已吧？真相如何我也不是很清楚。他在说清所有理由前就已经转学走了。关于憎恨我的原因，虽然不能得到确认，但现在想来，我总觉得应该是由于我的爸爸。

有件事是在他转校之后我才知道的。与爸爸出轨的那个年轻的女职员，好像是海野君的表姐。爸爸跟妈妈分开后，带着那个人搬到了很远的地方。现在他们好像也还是住在一起。据传闻为了支付给妈妈的抚慰金和给我的赡养费，他们生活得很拮据。我并不知道海野君对他的表姐抱有着怎样的感情，但想必那是对他来说非常重要的人吧。如果真是这样，对于夺走他表姐的男人，以及作为那个男人的女儿的我，当然也就不会有好印象了。

宗像君证明了我的清白以后，我就没有再被欺负了，又可以跟好朋友有说有笑地在一起了。有不少同学都向我道了歉，我又恢复了往常的生活。妈妈也收到了其他家长的道歉邮件，我们又可以像以前一样愉快地聊学校生活了。

但是偶尔我还是会做被众人指责的梦，然后从梦中惊醒过来。这时候，我就会对自己说，那件事已经过去了，并且躺回床上，调整呼吸，然后想想宗像君。

最后一次与宗像君说话，是某个冬天的夜晚。吃过晚饭以后，我正跟妈妈看着电视聊天，就听见玄关处响起了门铃声。妈妈起身去看，很快就叫我也过去。我走过去发现，宗像君穿着往常那件像是从哪里捡来一样的运动衫站在门口，让人看了就觉得冷。妈妈连忙让他进家里来。他是我们家的恩人，这件事妈妈也知道，而且招待他来我家吃了好多次晚饭。但是那一天，宗像君的样子看起来有些反常。

“我马上就得回去了。”

他这样对妈妈说过后，就朝向我这边一段沉默，仿佛是在考虑如何组织语言。不知是不是因为寒冷，他看起来有点儿心神不宁的样子。

等了半天，他终于开口道：“我是来跟你告别的，其实我要搬家了……”

我让妈妈留在家中，自己穿上鞋，走到外面。我跟宗像君站在家门口说话，呼出的白气一团团消逝在冷风中。我从家里出来时只穿了单衣，现在也跟他一样冻得瑟瑟发抖。

他说是搬家，其实是连夜逃命。他爸爸借了高利贷还不上，只好带着他一起逃走。

“今晚就必须离开镇上。所以我想，最后来跟山本同学打声招呼。”

听着他的话，我心中满是酸楚，只敢低头看着自己的脚。他头发乱蓬蓬的，因为太久没有洗澡，而散发着强烈的味道，还积满了污垢。但这样的他，却是我的英雄，将我从不见底的深渊中拯救了出来。所以，他的离开令我非常难过。

“好突然啊……”

“我也是刚刚听爸爸说的。”

那件事之后，班上跟他说话的人也渐渐多起来。他交上了朋友，每天都那么开心，真是太遗憾了。

“说起来，这个给你。”他从口袋中掏出一样东西，“我在自动贩卖机下面找到的。”

他手中的是一枚略带污迹的十日元硬币。

我把它接过来细看的时候，泪水已经忍不住在眼眶中打转。

“谢谢，宗像君，真的谢谢你……”我在鼻涕和眼泪中，就只能反复说着这一句话。

他从学校消失后，过了好几个月，班上的同学也还是没有忘记他，甚至小学毕业，上了初中，又上了高中以后，再遇到那时的同班同学，还是会兴奋地聊起那一天他站在讲台上解决整个事件的情景。每次一起聊过关于他的话题后，我都会感到些许寂寞。即使是长大成人的现在，他给的那十日元我依然保留着。无论遇到什么挫折，只要看到这枚硬币，我就会想起他，想着如今的他又会在什么地方做着什么。

part four

杀死玛丽苏 | 中田永一

中田永一

メアリー・スーを殺して

解说

玛丽苏这个词是真实存在的，只是在日常生活中鲜有耳闻，所以中田永一对玛丽苏的存在真实与否，似乎也是半信半疑的。

（原载于《达·芬奇》2013 年 4 月号）

（收录于角川文库《关于书的故事　一册之扉》）

- 1 -

我所要写的，是我杀死玛丽苏的动机，以及在其后数年间发生的事情。

我是那种遇到了喜欢的作品就会完全沉迷进去的人。作品的种类包括动画、漫画、游戏、轻小说等。无聊的课堂上，我的头脑中就会浮现出自己所爱的角色，然后在笔记本的边边角角涂鸦。我会拿零用钱买周边手办，饱览资料集，整晚盯着墙上海报中的少年看。对于已经完结的作品，我会继续想象下去，做着关于角色们在续篇中这样那样的梦，或者朗读作品中的台词，将它录下来再反复听。

现实中，我的人生一片灰暗。因为本身是个吃货吧，身材整个就是大福馒头，又屃，嘴又笨，还迟钝，做什么都没自信，一被人搭话就脸红，笑声难听，戴着俗气的眼镜，被异性和同性同时无视，在班上的角色也是阴暗得让人不舒服的女生。生活中完全没有什么好事，甚至让人怀疑自己到底为什么活着。但正是这样的我，只有沉浸在作品创造的世界中时才能感受到自由。

初中时我所喜欢的角色，坦白说就是在《勇者斗恶龙》那种奇幻世界中旅行的RPG主人公——带着会说话的大剑一起冒险的金发少年。我可以对着官方发售的角色海报，整晚整晚跟上面的人物说话聊天。而不可思议的是，渐渐地我也能听到那名少年的声音了。当然，海报是不会说话的，少年的话语只是我的脑补而已。

“哎，这样啊……呵呵呵，没错没错……”

如果半夜来到我门前细听，可能会觉得有些毛骨悚然吧。为了能够在之后反复回味我与少年的对话，我会逐字逐句记在本子上。妄想对话笔记的册数不断增加，我高涨的胃口却越来越不满足于此。终于，在初二那年，我开始创作同人小说。

所谓同人小说，就是基于原作中的情节、世界观以及登场人物等各种设定，而进行的二次创作。我所写的同人小说，当然是讲所爱的那名少年角色如何大放异彩的故事，除此之外还有一位原作中没有的原创人物登场，名字叫作露卡，是一名十四岁的少女。我在写作时将自己的感情完全代入到了她的身上。想象着少年与露卡携手冒险的情景，简直令我陶醉。执笔中，我就变成了露卡。

高一的春天，蠢笨如大福馒头一般的自己，也终于下定决心加入某个社团——Anime · Comic · Game 研究部，取每个单词的首字母，通称 ACG 部。第一次拜访社团活动室时，我非常紧张，好几次走到门口又掉头回去，犹豫不决中，一个和我同样是新生的女生向我搭话：“是来申请入部的？”

那是个戴着圆眼镜的矮个子女生，头发乱蓬蓬的，让人不由得想起了鸟窝。

“我也是，我们一起进去吧。”

“啊，嗯……”

“太好了！我正怕得不敢一个人进去呢！”

“啊，我也……是……”

在学校的大部分时间，我都是沉默不语的，所以一下子很难顺利发出声音。我被她从后面推着迈进了活动室的门。

活动室中散发着跟旧书店一样的气味。书架占据了整整一面墙壁，上面摆满了科幻小说和轻小说，还有深受前辈喜爱所以也想让后辈看的各种漫画。鸟窝头少女跟我一起在入部申请上写下了名字。

“拜托了，给下一期《千之扉》投稿吧！”

半年后，前辈这样向我拜托道。《千之扉》是ACG部每月发行的小册子。ACG部中参加同人活动的人不在少数，他们的漫画和小说都连载于这本小册子上。与我一同入部的鸟窝头少女，就在用“齐藤罗宾逊”的笔名定期投稿一些游戏评论的随笔，拯救前辈们于灵感慢性枯竭症的水火之中。

“多好啊，动手吧。你明明写得那么好。”

在齐藤罗宾逊的鼓动下，我把同人小说的原稿交给了前辈，开始想的是仅此一次，但是后来感觉不错，就决定连载下去了。我用了如月露卡这个笔名，所以部员们都叫我露卡。

小册子是由十几张打印好的纸折叠装订在一起的。学校告示板的边角处贴着个简易的纸盒，我们每次都会在那里面放上几册。想到自己的小说会跟齐藤罗宾逊的游戏评论、西园寺丸子前辈的漫画，还有新堂慎之介前辈的科幻考据随笔一起做成小册子，还是相当骄傲的。

“《千之扉》这个名字是谁起的？到底是什么意思啊？”

一边给新一期册子打上骑马钉，齐藤罗宾逊一边向西园寺前辈问道。

“是谁来着？不过新堂君倒说过，这个名字来自《无尽的故事》中的一个建筑物。”

西园寺丸子前辈的漫画，画得很差，故事也支离破碎，却在部员中大受欢迎。我的小说写得也是糟糕透顶，但直到高一第三学期之前，都没有人对此予以指摘。

那是个雪片纷飞的寒冷日子，六张面对面拼在一起的桌子上堆着刚刚完成的《千之扉》最新号。我们围着暖炉，看着这些新作。

敲门声响起，访客是一个长得有些神经质的男生，是推理小说研究会的三年级学生。

“部长在吗？”

“还没来呢。不过我想一会儿就该到了。”

他听到新堂慎之介前辈这样说后，便把视线投向了桌上的小册子。

“这是最新号？我可以拿一本吗？”

“当然当然。”

他开始翻看内页。正当我们开始感到不好意思的时候，他逐一对连载作品发表起感想来。齐藤罗宾逊的游戏评论太自命清高，西园寺丸子的漫画画得好差，新堂慎之介的科幻考据文笔不通。他的语言犹如针扎一般刺进心里，大家简直要哭出来了，接着他终于指到了我所写的同人小说那一页。

“写这个的如月露卡是？”

“……是我。”

“哦？这样啊，呵呵，是你啊。每期我都有看，文章写得很好啦。”

我已经做好了接受毒舌的心理准备，然而他所说的话却还是令我深感意外。

“你的作品里有玛丽苏出现呢。不想办法把那家伙隐藏好的话，老实说会让人看了不舒服呀。”

大家面面相觑，都是一脸困惑，谁都不知道玛丽苏这个名字。我的作品中当然也没有这样的角色登场。

正在此时，部长出现在活动室中。那个推理小说研究会的人立刻站起来，把小册子收进包里，跟部长亲热地聊着天走了出去，让我连追问的机会都没有。

- 2 -

玛丽苏。

回家之后，我试着在网上搜索了这个名字，浏览了无数个网页后，明白了这确实是个从很久以前便存在的词。所谓玛丽苏，是同人界的一个专有名词，指的是单纯为反映作者意愿、完全不顾他人感受甚至到了引人不快地步的原创角色。

这个词的诞生，似乎与外国老牌科幻电视剧《星际迷航》有着很深的渊源。我当然也听过《星际迷航》这个名字，还知道该作品拥有众多狂热粉丝。

在《星际迷航》放映之初，对作品中的世界抱有无限憧憬的人们创作了大量的同人小说。当时，他们安排了代入自身愿望的原创角色在作品中登场，比如，舰队中最年轻、最优秀，拥有特殊的能力，坐享原作人物们的爱与尊敬，在危急时刻挺身而出拯救所有人……这样的角色，无一例外是超现实的，是青春期少男少女们欲望的具现化，是个人主义的集合体。而这样的原创人物，却成为广受批评的对象，在当时甚至出现过专门揶揄这种角色的女主角。

一九七三年，在同人杂志 *Menagerie* 第二期上，刊载了《星际迷航》的同人小说 *A Trekkie's Tale*。此篇小说中登场了一位原创女主角，即舰队最年轻的大尉——年仅十五岁半的玛丽苏大尉。这个角色集当时粉丝们所创作的各种原创角色要素于大成。自那以后，凡是写手们自我意识过剩、过于理想化的角色，统统都会被称为玛丽苏。

确实，我的文中一直都有玛丽苏存在，比如那名叫露卡的少女，我就是有意将自己代入到这个角色身上，并且特意安排她跟我喜欢的少年角色一起冒险的。与现实中我那个笨重馒头的形象完全相反，露卡的设定是完美无缺的美少女，柔亮顺滑的黑色长发，几乎透明的皮肤，可爱的长相，任谁都会无条件地喜欢上她。她右眼的虹膜是黑色，左眼的虹膜是红色，也就是所谓的虹膜异色症属性。没错，换言之就是中二病。玛丽苏这个词之所以推广不开，也是因为在日本早已有中二病这个词，所以没必要重复了吧。

我重看了一遍自己正在写的文章，里面也有玛丽苏存在。这是篇某校园科幻漫画的同人小说，原计划登在下一期《千之扉》上，里面登场的原创少女角色，完全符合玛丽苏的定义。

设定上，那名少女同时拥有超能力、天才的头脑和毫不做作的性格，广受众人喜爱，也是原作少年主人公的前世恋人，再加上虹膜异色症。我是有多爱这个属性啊！我在写作的过程中完全将自己代入到了少女身上。写她跟少年那些夫妻吵架似的台词时，我是最幸福的，感觉就像我自己进到了作品中与少年如此亲近一样，不过问题在于这些对话于剧情发展没有任何帮助……

在此前的作品中，我完全没有考虑过完成度的问题，然而在知道玛丽苏的存在以后，我就开始为这样继续下去到底好不好而感到不安。我就只有写同人小说这一个爱好而已，如今连这唯一的爱好都要被否定了，仿佛我写的并不是小说，而是一种凝聚了所有欲望的妄想洪流。

我不要！我想写更好的小说！

对我来说，同人小说制造了我跟别人的联系，无论是齐藤罗宾逊、西园寺前辈，还是新堂前辈等，我们共享着为《千之扉》供稿的话题，这让我有生以来第一次找到了自己的容身之所。所以，我必须赶走玛丽苏，从我的文章中，从我的小说中。不将那名叫玛丽苏的少女、那个概念的存在彻底抹杀，我就无法成长。

开始动手，首先就是从还在写的同人小说中删除原创人物，无论是少女的名字，还是与她相关的情节全部一键删除，然后逐一修改由此产生的偏差与矛盾点。文中跟少年进行夫妻吵架式拌嘴的，不再是我原创的角色，而是原作中登过场的女孩子。但问题没有就此解决。

这回轮到接棒的原作少女开始玛丽苏了。我发现在她与少年对话的时候，仍然带着我自身的投影。那些我想对少年主角说的话，这次借由她的口说了出来。渐渐地，少女角色的轴心就开始偏移，她的口中不断吐露出在原作里绝对不会说的台词，维基百科上管这个叫“原作改编型玛丽苏”，同样是玛丽苏的一种。这么下去可不行。

一段时间后，我开始写其他作品，然而不知不觉，玛丽苏还是再次溜进了作品中。最初的症状是原作角色严谨的言行开始崩坏，我想说的、想听的，都会从他们口中冒出来。随着故事顺利展开，只有我喜欢的角色不合理地大放异彩，原作人物的内里不知何时已经被玛丽苏占领了。她独揽了小说创作的大权，带着整个故事朝满足我一己私欲的方向发展而去。

看来，严格自律是防止玛丽苏驾驭作品的关键。最糟糕的莫过于写作的我其实是心甘情愿受她控制的。能够完全按照自己的意愿写作，是何等快乐。这样的创作没有任何痛苦，只剩幸福感。

喝着咖啡，我开始重新审视自己以前的作品，同时考虑对策。说到底，为什么我的小说中会出现玛丽苏呢？一定是因为现实中我这迟钝巨大的大福馒头体形，不但肚子上能抓起满满一把赘肉，脸也像气吹的一样鼓，头发乱糟糟的，根本就是个戴着土气眼镜、穿着土气衣服的土气女人。做什么都没自信，总是一惊一乍的，愿意跟我说话的也就只有 ACG 内部的同好而已。我跟齐藤罗宾逊不同班，所以每天在教室中也是独来独往。为了逃避现实中的寂寞，我才会特别沉迷于小说世界，至少在小说里，我可以幸福地与心仪角色共处于妄想的故事中。所以无论如何，我都会让角色朝着能够满足我愿望的方向发展，这是我的快乐在为小说掌舵。小说中的玛丽苏之所以会诞生，全是我枯燥的人生所致。

那么，该怎么办呢？仅仅将玛丽苏化的角色删除，还不能从根本上解决问题，这样只会造成其他角色的玛丽苏化而已。想要杀死她，就必须改变我自己的内在。经过一个月的痛苦思索，我终于想到了办法。

高二的春天，我下定决心，开始实行我的计划。早上被闹钟的铃声叫醒，在天亮之前我就跳下了床，换上运动装，在玄关处穿好运动鞋。妈妈打着哈欠走了出来。

“你要去哪儿啊？便利店？要吃包子的话，冰箱里就有，我给你热一下吧？”

“不是啦，今天不吃了。我去跑步。”

“跑步？”

“没错。我走了。”

打开屋门走到外面，早晨清冷的空气浸透了全身。说是春天，但天气依然很冷，街灯照出了一团团白色的哈气。我在妈妈的目送下跑了起来，每一次踩踏地面，都可以感到腹部的赘肉在摇晃。

玛丽苏是为了满足我的愿望才出现于作品世界中的，所以，我必须让自己变得无欲无求，不能因为对现实世界不满就沉湎于写作，要同样认真地对待真实生活。要是能够成功，我应该就可以更加纯粹地写作了。这就是从根本上抹消玛丽苏，将其杀死的办法。它同样也能将粗笨如大福馒头的我从这个世上抹去。

- 3 -

我的作品有一个固定模式——故事中的玛丽苏都是靠超能力来解决事情的。就以露卡来说，无论身陷怎样的危机，结果都是露卡发挥体内潜在的超能力将敌人一网打尽。设定上，露卡的体内流淌着传说中的魔法师的血液。然而这都是随心所欲的展开，要想与玛丽苏诀别，就不能再来这一手了。

高二的夏天，我迷上了少年漫杂志上连载的热血料理漫画，内容是关于主角们参加一个淘汰制厨艺比赛的故事。身为料理漫画，却包含了所有热血竞技的要素。我给作者写过信，也给出版社写过要求动画化的信，并且毫无意外地开始创作同人小说。

我首先做的就是报名去上烹饪课。这是我自创的对付玛丽苏的手段。只要提高了小说世界的真实性，那么自然而然地，作者在创作时也就会更加脚踏实地，从而使角色更具有真实感。只要我的一己私欲没有了，那么玛丽苏自然也就无用武之地了。所以，当时的我开始为了创作同人小说而进行严谨的取材。

在此之前几乎没有做过饭的我，为了让描写的文字感觉真实，既要熟悉菜刀切菜时的触感，又要了解备菜的种种常识，还要掌握各类香料的名称和使用方法。并且在与烹饪课老师的交谈中，我逐渐构思出了小说的脉络。老师的话不仅为我提供了很多灵感，还保证了故事能够在不使用玛丽苏超能力的前提下圆满收尾。

怕生的我变得非常有行动力，这是对原作漫画高涨的爱以及对玛丽苏再次潜伏进来的恐惧使然。在恢复了人际交流的同时，也练成了能给全家做一桌宴席的厨艺。即使同人小说已经完成，我也没有怠慢烹饪课程，毕竟是好不容易掌握的技术，荒废掉就太可惜了。

“好棒啊！感觉非常好！我都感动了！”

齐藤罗宾逊看过打印出来的原稿后对我说。我却不知该不该相信她如此兴奋的反应，也许她夸奖我只因为我们是好朋友呢。

“不过，看得我肚子都饿了，回家前我们去吃点儿什么吧？”

“不了，我在减肥呢。”

“还在坚持啊？为什么？你已经很瘦了啊？”

“哪有啊？这才哪儿到哪儿？”

为了写出更好的同人小说，我什么都肯干。如果原作是部游戏，我就会反复地玩，反复地看设定资料，学习作为背景舞台的那个国家的文化、历史、建筑、时尚以及风俗习惯等。如果作为敌人的怪兽，其名称或造型是来源于神话世界，那么我也会查阅相关神话故事，甚至调查铠甲与武器的素材，了解它们的硬度与构造。所有这些知识并非都要反映在作品当中，其实真正用到的只是其中一小部分，但会给作品增加不少真实度。一旦机会主义的玛丽苏入侵，立刻就会因为与周围的现实主义世界观格格不入而现形，然后我就能马上以删除键迎击之。

我也不会再描写主角少女毫无理由地受人欢迎了。这是非常典型的一己私欲。不过我并没有从作品中完全排除掉恋爱情节，只是会注意让谁喜欢上谁这种展开都有一个合乎情理的理由。我会注意同时丰富外貌描写和心理描写，让恋爱的发生更具说服力。在描写外貌时，我会努力让读者能够在头脑中浮现出角色的形象，让他们仿佛能够看到角色的服装与发型，甚至佩戴的首饰。为此就必须学习服装与饰品的相关知识。我特意买了角色的衣服和包，穿戴起来切身感受一下。我还调查了原作作者喜欢的品牌，在此期间逐渐了解了时尚圈。肚子上的赘肉完全消失后，以前的衣服就全部变大了，正好买新的。我发动储备的所有服装知识，为自己选择衣服，进行搭配组合。

一般的衣服都是爸妈出钱给我买的，但是那些作为同人小说创作资料买来的魔法师的长袍、项链之类，就要自己花零用钱了。看着空空荡荡的钱包，我只能无可奈何地去打工。

小说中的角色戴了隐形眼镜，兼做一种研究，我自己也戴了隐形眼镜。作品中的人物有着一头柔顺的秀发，我就学习了各种护发手段，全用在自己身上。不知不觉，我在外观上的自卑感越来越少，每天的生活也被各种事情充实起来。创作小说的时候，我再也不会欲望难平，终于可以理智地控制故事走向了。

到了高三，考试和学习占去了大部分时间，同人小说的创作也就逐渐停滞了。齐藤罗宾逊当上了ACG部的部长，小册子《千之扉》的供稿交给了一、二年级的学生，我连在活动室露脸的机会都变得少了。那段时间，班上来跟我说话的人不可思议地多起来。取材时苦于人际交流的心情也消失殆尽，现在的我既敢在说话时直视对方的脸，也能随时报以爽朗的笑容了。来往的朋友变多了，而跟不同班的齐藤罗宾逊则自然疏远了。

在车站前的快餐店打工，回家时顺便去趟图书馆，解决一下困扰自己的数学难题，或者为同人小说收集资料，这样的夏天结束了。虽然在打工的时候要跟很多人打交道，但没有一个人能跟我聊聊动画、漫画、游戏之类的话题。店长大叔问起过我的兴趣爱好，我也如实相告，他却一脸“欸？真让人意外啊”的表情。

“为什么啊？”

“就是说像你这样的孩子啊，居然会有这种御宅族的爱好，让人觉得违和感好强。啊不，应该是我自己对御宅族偏见太深了吧。”

“违和感很强吗？”

如果换作以前，没法聊动画、漫画和游戏的话对我来说就什么话题都没了，只能进入自闭状态。但是现在，我还可以找到各种各样其他领域的话头来聊，烹饪啊，时尚啊，西方的街景啊，建筑物啊，还有历史故事和神话传说等，为写小说而储备的知识开始发挥作用。在打工的地方还跟其他学校的女生交换了手机号，约好了周末一起出去玩。

“请跟我交往吧！”

一起打工的大学生前辈这样对我说，我只觉得一头雾水。当时我们刚离开店里，一起并排走在回家的路上。季节是冬天，凛冽的寒风冻得人指尖通红，还阵阵发疼。

我说容我考虑一下，然后就回了家，一边泡澡一边回想整件事。因为我太久没从浴室出来，妈妈都担心地跑过来看了看。等我离开浴缸，站在换衣间的镜子前，开始审视现在的自己是何模样时，我感觉自己的脸都红了。

被人爱要有理由。为了不让获得他人好意变成一种机会主义的展开，写作时我必定会给被爱这件事设定好一个理由。而不知不觉间，就连我本人，也于现实世界中通关了拥有这种理由的成就。午休时，前辈经常找我聊天，也会借音乐 CD 给我，还经常跟我互发短信。如果将前辈作为焦点人物，而这些日常的点点滴滴都是围绕他的零星描写，那么作为恋爱萌芽的动机，或者是一场恋爱事件的开端，似乎也非常合理了。

我开始跟前辈交往了，他帮我做考前辅导，我们互相交换圣诞礼物，然后我高中毕业考上了大学。开始一个人生活后，我就不再打工了，但跟前辈的感情发展还是很顺利。时间在我充实的人生中流淌而过，当我发现的时候，自己已经连齐藤罗宾逊的联络方式都没有了。

我已成人，到了能够饮酒的年纪，而且我终于不用跟海报聊天，不用脑补对话解闷了。之所以会那样深刻地、切实地、全身心地投入到喜欢的动漫游戏世界中，完全是因为我对自己无人问津的现实人生感到憎恶，为了从过于残酷的现实中得到喘息、保护内心，只能将自己藏进喜欢的作品世界中。杀死以前我所创作的同人小说中的玛丽苏，也都是为了让自己能更深地沉浸于我所喜爱的作品当中。

然而现在已经没有任何需要逃避进幻想世界才能满足的欲望了。越是在现实世界中过得幸福，就越没有创作同人小说的动力。我已经在现实中找到了自己的容身之地，并打算在那里生活下去，也有自信能够获得幸福，或许这就是所谓的长大成人吧。

我再没有跟大学认识的朋友聊起过动漫、游戏的话题，不再关注新出的游戏，喜爱的作品出了续作也不会追下去。我还在继续上烹饪课，但也仅仅是作为新娘培训而已，曾经那么喜欢的热血料理漫画什么时候完结的我都不知道。笨重馒头一样的自己已经成为过去式。受人喜爱才是新的日常，拥有众多的朋友与熟人，随着生活越来越幸福，也就越来越想不起去写同人小说了。

大学三年级的秋天，一个晴朗的日子，我跟几个女孩子在常去的咖啡馆里喝茶聊天，说起了“初恋的对象是什么样的人”这个话题。异世界幻想 RPG 中登场的少年角色立刻出现在我眼前，然而我还是撒谎搪塞了一个比较普通的回答。她们也很快便转而去聊跟恋人分手或者希望能在圣诞节前找到男朋友的事了。

最后我们说笑着离开了咖啡馆。跟大家告别后，我心情愉悦地走在回家的路上，等红绿灯时，耳边突然响起一个声音。

“露卡！如月露卡！好巧啊！”

我花了几秒钟才回忆起这个名字。循着声音传来的方向一看，一个个子不高、戴着圆眼镜的女人朝我走来。她的头发乱蓬蓬的，好像鸟窝一样。

齐藤罗宾逊。

- 4 -

我们找了家附近的咖啡馆坐下。她跟高中时期一点儿变化都没有。听说她一边上大学一边在出版社打工做些编辑工作，同时还保持着写手身份。她递上了自己设计的名片，一段寒暄之后，终于开口说道：“说起来，你听说了吗？西园寺前辈的事。”

“前辈怎么了？”

“她出道了哟，还得了奖，现在她的漫画正在杂志上连载呢。画得非常棒，好到让人不敢相信。画面完全是专业级别的。”

“专业级别？！好厉害！西园寺前辈很有天赋呢！”

“光靠天赋也是不行的，还要个人努力。她说不想输给如月露卡哟。”

我看着齐藤罗宾逊的脸。

“你的小说，从某个时期开始就越写越好了吧？西园寺前辈毕业之后还经常来找我，就是为了看你在《千之扉》上的连载呢。是你让我们领悟到，人只要肯努力，就能有所提升。你最近都在写什么呢？”

见我沉默不语，她叹了口气说：“我就猜该不会是这样吧。真是太可惜了……”

“我写不下去了，因为根本没什么可写的。同人小说已经不写了。我现在对幻想世界完全没爱了，毕竟现实生活已经足够幸福了。”

“这种事我可不能答应。你明明那么有写小说的天赋。对了，我有个提议。我现在打工的这个编辑部，正准备开始搞轻小说，但稿子还是不够。你也来写点儿什么吧？”

“写点儿？写什么？”

她表情坚定地说：“你的原创作品啊。这还用说吗？正好你也不写同人了。我可是迫不及待想看你写的原创呢！”

我们离开咖啡厅的时候，天空已经被染成了暗红色。

“你遇到我真的是偶然吗？”

“这个嘛，谁知道呢。”

她这样说完便转身离开了。我盯着她那个渐渐远去的鸟窝脑袋，看了很久很久。

我没有马上决定是否接受齐藤罗宾逊的请求。说是原创小说，但我完全没有头绪。以往我都是爱着其他作品中的世界，为了沉浸其中才写的小说，更不要说还有停笔数年的空窗期。对于现在还能不能创作，我已经完全没有自信了。

都是齐藤罗宾逊自作主张。我根本也没有成为作家的打算，只是个十几岁时写过一阵同人小说的普通人而已。确实，我为了把同人小说写得更好而做出了很多努力，包括减肥。

粗笨如同大福馒头一样的我，对任何事都没有自信，也不会引起任何人的关注。所以，我才会创作出毫无道理地受欢迎的角色，为此破坏了作品的平衡性。

玛丽苏。

时隔很久再次想起这个名字，集合了作者愿望的少女，拥有傲人的容貌与超人的能力，受众人所爱，脸上永远带着笑容，即使身陷绝境也能机缘巧合地救出伙伴，集尊敬与爱于一身的存在。

我正打算写邮件回绝齐藤罗宾逊的时候，她的电话就打过来了。

“喂喂，那件事你考虑得怎么样？不用急着答复我啦。比起这个，下次你要不要跟我一起去活动室露个脸？那些后辈啊，个个都吵着想见你呢。”

“什么后辈？ ACG 部的？”

“当然啦！你完全不露面所以不知道，如月露卡的作品在后辈们当中可是大受欢迎呢！大家为了传看你的作品，都快把《千之扉》翻烂了！”

我跟齐藤罗宾逊约好了在车站见面。我们并排走在上学的路上，快到校门时我心中满是怀念之情。因为是周六，学校里空荡荡的。即使过去了这么多年，鞋柜周围的气味，能传出回声的长廊，每一件都让我感动。我和齐藤罗宾逊换上了访客用的拖鞋，朝着活动室走去。

“我跟你就是在这里第一次相遇的呢。”

站在活动室门前，她这样说道。我点了点头。那一天，我犹犹豫豫、反反复复，怎么都不敢走进这扇门，要不是她叫住我，大概我的人生中就没有加入 ACG 部这一段了。

敲了敲门，不等里面回答，齐藤罗宾逊直接推开门走了进去。

“你好——”

然而活动室内空无一人，本应该有几个为了见我不惜周末跑来学校的后辈待在里面才对。

活动室跟以前毫无二致，六张面对面拼在一起的桌面上，粘着一些裁切过的网点纸边角料。看来现在也还是有人在这里创作漫画。

“抱歉，我好像搞错时间了……”

齐藤罗宾逊确认过手机中的邮件后，才发现我们比约定的时间早到了一小时。

“怎么办？要不我们去喝个咖啡？”

“就留在这里吧。说不定很快就有人来了。”

我找了把椅子坐下来，看着屋内发呆。

“好怀念啊。”

“你当然怀念啦。我可是经常来，所以完全无感。”

我从她口里听到了很多熟悉的前辈与后辈的近况，还有 ACG 部最近的活动、顾问老师的八卦等。终于，齐藤罗宾逊的手机响了，她瞥了眼屏幕，咂了下嘴。

“是编辑部打来的。稍微等我一下。”

说着她就到走廊里接工作电话去了。我一个人留在活动室，开始看架子上码放的《千之扉》打发时间。看着最新一期的封面插图，我已经连上面画的角色叫什么名字都不知道了。我按照刊号拿了几本出来，上面都登着如月露卡的文章。

久久不见齐藤罗宾逊回来，我坐在椅子上看着书，渐渐就开始感觉困倦，还打起了哈欠。外面传来了阵阵鸟鸣，明明已经是即将进入冬天的季节了，今天却有格外温暖的阳光照进来。我趴在桌上，准备小睡一会儿，然后做起了梦。

书页啪啦啪啦地翻动着，许许多多的文字从视野中滑过，继而消失无踪，犹如旋转木马，又像是老电影的胶片。在梦中，我看的正是《千之扉》。

不知何时起，一个女生坐到了我对面。那是位美到令人瞠目的少女，长长的黑发，皮肤没有一点儿瑕疵。她身上穿着数年前我也穿过的制服。一看到我，少女的眼睛就眯了起来。

“呀，好久不见了。”

她用纤长的手指撩起脸颊旁边的头发，别到耳朵后面，然后无比爱惜地轻轻拿起了桌上的《千之扉》。

“我们在哪里见过吗？”

我问道。紧接着我才注意到，少女的两只眼睛有着不同的颜色，右眼的虹膜是黑色的，左眼的虹膜是红色的。虹膜异色症。

“你已经不记得了吗？我可是被你杀死的啊。”

少女的脸上浮出笑容，红唇微启，露出一点儿雪白的牙齿。就凭这魅力十足的表情，任谁都会忍不住无条件地爱上她。令人震惊的告白，我却没有丝毫动摇，仿佛这是非常自然而然的事情，仅仅一句“哦，是吗”就应付了。我们相对而坐，翻看着《千之扉》。

“现在还在写吗？”

她这样问道。声音好听得像音乐一般。这是我十几岁时的愿望，我的梦，我孩子气的妄想，受众人所爱的万能的存在，也是令我忌惮的、导致作品世界崩坏的所在。这就是她。

“没在写啦。”

少女放下《千之扉》，叉起腰看着我，带着一种傲慢的态度。

“因为你现在是大人了，可以自如地应付周遭世界了嘛。”

“因为已经没有写的必要了。”

“如果是为了你自己，可能确实如此。”

“什么意思？”

“除了你以外，还有人在等着看你的文章啊。这可是很幸福的事。而且，其实你自己也是这么希望的。只是，你很害怕，不是吗？”

美少女站起身准备离开活动室。她的手脚纤细，动作优雅，仿佛在跳芭蕾舞一般。我从背后叫住了她。

“等等，玛丽苏，我们还会见面吗？”

“你明明是那样抗拒我的呀？”

“确实……”

但是，我发现自己无法忘记这名少女。她的存在伴随着我十几岁时那些痛苦的记忆，那些孤单的、惶恐的仿佛要被碾碎的记忆，那些毫无乐趣可言的日子，那段不知自己为何而活的时光。如果忘掉这些，我也就不再是我，这样的不安萦绕在我心头。

“任何时候都可以见到的。你已经是大人了嘛。只要你召唤我，我就还会像以前一样，把你的作品全部破坏。”

少女这么说着走出了房间。

而我也醒了过来。

我还在回味着梦的余韵，齐藤罗宾逊就已经回来了。之后不久，后辈们也纷纷赶到。那些后辈近乎狂热地欢迎了我。有人把我的小说反反复复看了很多遍，还有人就是因为我的小说才对原作产生了兴趣，甚至让我对自己还不是真正的作家这件事有了一丝丝抱歉的感觉。时间转瞬即逝，他们一直送我走出了教学楼。出了校门，没走两步，齐藤罗宾逊突然停下来，一脸“怎样，我说得没错吧”的表情看着我。

“你看到他们刚一见到你时两眼发光的样子了吗？大家都是超喜欢你的文啊！”她挠着鸟窝似的脑袋，有些不好意思地说，“而且，我比他们任何人都更想看到你的小说呢。忍不住就会想：要是能给你出一本书就好了。”

我想起了梦中玛丽苏对我说过的话。

等待着我的文章的人，或许就是她。

或许也是那些后辈。

或许是那些像十几岁的我一样，希望在创造出的作品世界中生活的孩子。

我真的要写原创小说吗？

“我可是一点儿经验都没有啊，要写自己的故事等于完全从零开始。”

听到我这么说，齐藤罗宾逊的眼睛一下亮起来。

“包在我身上！我来帮你！随时都可以！太好了，一定会很有趣的！”

从那以后，我的生活变得忙碌起来。

大学朋友找我约饭都被我拒绝了。我向交往的恋人坦白了如月露卡这个笔名，以及我写过小说的事情。

连上课时，我都会一边在笔记本上写下大量的构思一边整理故事情节。其他时间则经常与齐藤罗宾逊相约在小餐厅，点杯饮料然后开始连续几小时地讨论故事设定。最初还只是一些抽象的画面片段，然后将这些用语言系统地串联起来。此外，我还要在图书馆翻阅资料，为了让作品更加真实而不断学习，简直就像鸟妈妈小心翼翼孵化着自己的蛋一样，我也在逐步孕育着自己的故事，等待着它自己开始呼吸，从内侧打破壳壁来到这个世上。

当我感觉可以开始动笔的那一天，我怀抱决心坐到了电脑前。

可是，我的手指一下都没动。

这不是同人，而是在自己的世界中旅行，什么都可以写的自由感反而令我害怕。我在心中呼唤起她的名字。

玛丽苏！请借给我力量！

借用其他人的世界写小说时，我从没有想过这种事，但偏偏就是那一天，没有她的帮助，我就无法踏出第一步。我需要自恋，需要放下写作的包袱，需要以往那种忘乎所以、勇往直前的热情。

我在内心祈祷着，希望这个我要从现在开始编织的世界，这个还未见其形的故事，能够丰富多彩。希望主人公的冒险不要半途而废，并且，希望创作的过程充满愉悦。

我慢慢地深吸一口气，让内心平静下来。

然后开始敲打键盘。

part five 无线对讲机 | 山白朝子

山白朝子

トランシーバー

解说

山白朝子是怪谈专门志《幽》的签约作家。一通电话，连接上了一个原本应该已经死去的人，这是恐怖故事的常见桥段之一。而本篇则是这类桥段的变形版本。据作者本人说，2011 年 3 月 11 日发生在东北地区的海啸，以及福岛第一核电站事故的悲剧，正是其创作这一短篇故事的动机。

（初次发表于《冥》vol.4 2014 年 4 月）

- 1 -

二〇一〇年，在下班回家的路上路过了一家玩具店，店前面推车上摆着卖剩下的无线对讲机，不是那种山地救援队使用的专业器材，而是给小孩子玩的廉价玩具。蓝色的塑料外壳上装着黄色的按钮，按两个一套出售，据说实际通话距离可达五十米左右。虽然离圣诞节还早，但我还是给儿子买了回去。

三岁的小光正是喜欢交通工具的年纪，看到救护车、消防车什么的，总要伸手摸摸。他最喜欢的莫过于警车。电视节目里一旦报道点儿什么天灾人祸，他总是不顾周围的大人一脸沉痛，兴奋地大喊大叫，就是因为看到了画面里一闪而过的警车。

“呜哇！警车！胸部！胸部！”

为什么这里会出现“胸部”这个词呢？我只能说就是到了这个岁

数的缘故吧。小孩子一旦到了三四岁，就特别喜欢说小便、大便、胸部、鸡鸡这些词。无论乘坐电车还是去餐厅吃饭，他都在不断重复“胸部、鸡鸡、胸部、鸡鸡”。

就是这样寻常生活中的一天，客厅的电视里正在播放跟踪拍摄警察行动的纪实节目，警察们用警车上的无线对讲机相互联系。自从小光看到这一幕，他就开始对无线对讲机情有独钟，经常把我或夏美的手机贴在脸前模仿警察的样子。

“爸爸——这是胸部，鸡鸡要小便！”

“警察可不会说这种话噢！”

新买的对讲机玩具简直让痴迷无线对讲机的小光欣喜若狂。他立刻拆开包装，放入电池，打开了电源。沙沙的白噪声从喇叭中传出来，代表已经可以接收信息了。发言时要按住黄色的按钮，这样另一边的话筒中就能传出声音。设计上会让沙沙声在传声时变小。小光马上就学会了对讲机的使用方法，他每天都随身带着这东西跑来跑去，缠着我玩无线对讲机的游戏。

“爸爸——屁屁——玩这个！这个！”

他总是要在中间无比自然地加一个意义不明的单词，边喊边挂着对讲机跑来找我。我也总是会陪他玩，拿着另一台对讲机，有时躲进壁橱，有时藏在窗帘后面，然后用对讲机问：“猜猜爸爸在哪里呢？”

一边捉迷藏一边对话总是相当有趣的。不过，其实多数时间我都听不懂小光在说什么。他只是含含糊糊地罗列着一些意义不明的词汇，而我都会给予适当的回复。能让他有自信清晰发音的词并不多，除了喜欢的交通工具，就是胸部、鸡鸡这种。即使如此，我跟夏美还是觉得非常满足。比起同龄的孩子，他已经算说话晚的了，所以只要他肯开口，不管说什么，我们都很开心。

对讲机上有一个穿绳用的孔，我们帮他系了绳子让他可以挂在脖子上。不知不觉，对讲机上已经贴满了小光喜欢的贴纸。这样的小光，死于二〇一一年三月十一日。就是那场该死的地震，引发了该死的海啸，把我的妻子和儿子带去了不知什么地方。我家的房子是在数百米外被找到的，一层的部分已经完全消失了，只留下二层挂在山体斜面上。公司那边也只有我一个人平安无事。我也去过安放遗体的体育馆寻找，但始终没有找到小光和夏美的遗体。

那之后过了一年的时间，亲戚朋友轮流来看我，大概也是为了确认我有没有自杀吧。

“你家的孩子今年多大了？”

“四岁了。”

“已经不用穿尿不湿了吧？”

“嗯。基本能自己上厕所了。”

就像这样和来访的朋友聊着天，情绪突然就会失控，然后将我淹没。

我借住在公司旁边的公寓里，自己不做饭，都是去便利店买便当和酒回家，然后边看电视边吃晚饭。公寓只有两个房间，却感觉大到无用。若是换了以前，早被小光四处乱扔的玩具搞得无处下脚了吧。他可能会把小汽车沿着榻榻米的包边摆成一排。能找到的与小光和夏美有关的东西只有寥寥几个纸箱，上面沾满了污泥，后来污泥也都干了，就收在壁橱里。

我过着行尸走肉一般的生活，在公司总要干到筋疲力尽，才跟同事打招呼回家。我从来不去聚会，因为有我在的话，气氛就怎么也热闹不起来。我都是回自己家里猛喝啤酒、烧酒、日本酒、红酒，有什么就往胃里灌什么，直到意识不清。

我开始在深夜中听到那个声音，是地震发生两年后的事了。那天电视里播着政治家的反核电演说，而看电视的我一如既往地酩酊大醉。正准备借着红酒的酒劲儿舒舒服服睡一个小觉时，不知哪里传来了沙沙的响声，是壁橱里的东西在响。抵抗着阵阵睡意的纠缠，我把一个纸箱拽了出来。

那是我从面目全非的家中捡回来的玩具对讲机，上面的 LED 灯亮起了红光，沙沙的声音就是从它的喇叭中传出来的。大概是我哪天发神经给它装上了电池吧。这并不是小光一直挂在脖子上的那个。那个穿着挂绳、贴满贴纸的对讲机，已经陪着小光一起消失不见了，说不定现在还挂在他脖子上，在海底某处漂荡着。

沙……

我一边看着对讲机，一边继续喝酒。大概是因为喝多了，所以我不停胡思乱想着一些不可能的事。那天，要是我临时起意跟公司请了假，带着全家出去玩会怎么样呢？比如去隔壁县的老家住几天？那样就能躲开海啸灾害，小光也能跟着堂兄弟一起在沉痛的大人们旁边追逐嬉戏了。那样一来，现在他就能吵吵闹闹地围着我跑，然后被夏美训斥了。当时要是这样就好了，要是那样就好了，后悔的感觉仿佛要把我的心撕裂了。慢慢地，困意将我包围，我的意识终于滑向了深邃舒适的黑暗世界。

沙……

然而那一天，在真的睡着之前我还是听到了，时而中断的白噪声中夹杂着一个令我无比怀念的声音。

爸爸——……沙……胸……鸡……沙……

-2-

手机闹钟的铃音响起，我像从泥潭里爬出来一样挣扎着站起身去洗了澡，然后喝杯咖啡，去上班，下班后去趟便利店再回家，晚上喝着酒睡着。我的生活就是如此简单。因为海啸已经把一切都带走了，不会被小孩子打乱本来的计划，也不会偶尔在壁橱里发现咬了一口的果酱面包，不会因为给小孩擦屁股而沾上脏东西，也不会在冬天换尿不湿时刮到手上的倒刺。

为了压抑住感情，我准备打开电视看会儿搞笑节目，希望能转移一下注意力。这时候，我才发现遥控器的电池没电了。我在屋子里走来走去想着办法，然后就看到了掉在地上的对讲机。

昨晚的记忆突然涌上来。对讲机跟遥控器一样用的都是四号电池，那不如就把电池换到遥控器里吧，反正对讲机也用不上了。这样想着，我拆开了对讲机的后盖，然后突然回想起来。

捡回来的时候，对讲机上沾满了泥，为了方便保存，我特意把电池拆下来，从里到外都擦拭干净。当时明白再也用不到了，所以就把旧电池扔掉了。也就是说，对讲机里根本没有放电池，那么昨晚听到的白噪声又是什么呢？闪着红光的LED灯又是什么呢？

我没有想太多，就权当是喝醉了酒以后的幻觉吧。

对讲机第二次响起是在几天后。那天，我开着公司的车跑外务，等红灯的时候，看到一位带着孩子的母亲，背影看上去像极了夏美和小光，让我忍不住想他们也许没有被海啸卷走，而是还活着。

我把车扔在路口，从驾驶座上跳下去追赶那对母子。两人听到我的喊声回过头来，却完全不是夏美和小光的长相。喇叭声此起彼伏，后面的车都被我扔在路口的车堵住了。

那天晚上，我醉得一塌糊涂，连酒杯都端不稳的手把烧酒洒得满屋都是。我也没力气擦了，为了平静下来，又开了罐啤酒，感觉整个屋子都在晃，我想着是不是发生余震了，于是打开电视。可是等了好久也没有地震的消息，我才发现晃的是我自己。

视野内一片模糊，所有的东西都在扭曲变形，头也开始疼起来，耳朵上仿佛糊了一层膜，不知何时起，总能听到沙沙的响声。我在屋子的角落里找到了前几天拿出来的对讲机，LED灯亮着。

“浑蛋，还给我假装安了电池的样子！”我破口大骂。

白噪声好像变小了一点儿，刚这么一想，里面就传来了小孩子的声音，是真真切切的我所熟悉的声音。

沙……爸爸——……沙……

小光已经死了，所以这只可能是我在脑内重放他以前的声音吧，然而我无论如何都无法拒绝这幻听。

爸爸——……在哪儿……不在啊……沙……

我一把抓起对讲机，按下黄色的发言按钮对着里面说：“小光，听得见吗？爸爸在这里啊！”

即便是不真实的，这个声音也是我的救赎。过了一会儿，白噪声中传来了回答。

……找到爸爸啦……沙……肚脐……

能够交谈的喜悦将我淹没。我连忙接着说：“肚脐？肚脐怎么了？”

沙……肚脐痒……沙……

“不可以使劲儿挠噢！妈妈呢？妈妈在你旁边吗？”

……妈妈——……在啊……

“能换妈妈来听吗？”

不行——……胸部……

就算是幻听，我也乐在其中，就算小光的话支离破碎也没关系。我不停地喝酒，一直喝到舌头发僵，最后像昏死过去一般睡着。这样的情况一周会有好几次，第二天醒来的时候，我总是感觉特别好。

妹妹来看我，想确认一下我有没有自杀，或者有没有这种倾向。在玄关处看到我的脸时，她才松了一口气。

“太好了，你看起来气色不错嘛。”

“最近我心情很好。”

然而当她看到屋里堆积的大量酒瓶时，脸色又沉了下来。

“你也喝得太多了吧。”

我也察觉到酒量似乎增加了不少。但是相对地，我的心情反而很平静，会主动打扫房间，甚至开始给自己做饭吃了。不过早餐的时间还是仅够喝一杯咖啡而已，因为我会跟小光用对讲机聊天聊到很晚。

“不管怎么说，哥哥看起来有精神真是太好了。”

“我已经没事了，让你担心啦。”

接着，妹妹看到了放在架子上的对讲机。

“好怀念啊，以前你总跟小光玩这个呢。”

她拿起对讲机，打开了电源开关，然而 LED 灯并没有亮，也听不到任何白噪声。

“没放电池。不过我喝多了以后，能用这个听到小光的声音。”

妹妹以为我在说笑话，听完就笑起来了。

后来，在公司体检的时候，我被医生劝告要少喝酒，但我决定无视它。我该做的事，就是从超市尽可能多地买日本酒、烧酒、葡萄酒或威士忌。只有在喝得烂醉的时候，我才能用对讲机跟幻听中小光的声音对话。一杯杯灌下酒精，直到视线摇摆不定，房间的柱子像活物的内脏一样扭来扭去，左摇右晃踩着软绵绵的地板马上就要跌倒似的，然后不经意间，就会发现对讲机的 LED 灯变红了。

爸爸——……在吗……沙……有大便……

即使地震过去已经两年了，他还是喜欢说这种让大人皱眉的话。我按下了发言按钮：“是吗是吗？那让妈妈给你换尿不湿吧。”

沙……爸爸给换……沙……

“爸爸在很远的地方，换不了呀。”

……来这边！……陪我一起玩……沙……

亡者的话此时听来是如此甜蜜。

酩酊大醉的我做出了平时完全想不到的举动。

“真拿你没办法啊。那你等等爸爸噢。”

我放下对讲机打开壁橱，从里面拿出捆包用的塑料绳，然后把脖子吊了上去。

- 3 -

在供应商的接待室里，我跟对方交换了名片，然后坐在皮革沙发上开始谈正事。年轻的女职员走到我面前，放下茶水。

“竹宫，有什么事吗？”

跟我谈话的男人开口向倒茶的女职员问道。本来应该放下茶杯马上就离开的，但这名叫竹宫的女性却一动不动地站着。她的视线落在我的脖子上，直到跟我四目相对，才突然清醒过来的样子，低头走出了房间。

可能是看到了我脖子上的青斑吧，平时就算面对面坐着，也会被衣服领子挡住，所以不用担心。但是刚才我坐着，她站着，应该是从俯视的角度看到了吧。

我最终还是自杀未遂，想不到用来挂上吊绳的地方会那么破旧。我刚吊上去没几秒，就把石膏板墙壁上的钩子拔下来了。结果，命是保住了，却留下了好几天都消不掉的绳子痕迹，在脖子上形成了青斑。

结束了会谈，走出供应商公司的时候，在停车场上突然有人叫我，是那位端茶水的年轻女职员，她站在那儿瑟瑟发抖，好像很冷的样子。

“那个……”

她打开便利店的袋子，从里面拿了一盒巧克力给我，只是很常见的商品。

“这个挺好吃的。请尝尝看吧。”

“啊啊，这个。”

“您吃过吗？”

“我儿子以前很喜欢吃。”

我一边说着话，一边想她到底知道多少我的事。来跟我搭话，是因为看到了脖子上的青斑吧，明白了那是自杀未遂留下的痕迹，所以为我担心吧。我接过巧克力对她道了谢，然后坐上公司的车发动了引擎。直到我开走，她一直都在停车场上站着。

之后我们又见过几次面，交换了名片后渐渐开始有来往。她的全名是竹宫秋。那略带腼腆的笑容让我印象很深。我们第一次一起喝酒的时候，她一脸认真地对我说：“请不要死，拜托了。”

她在地震中失去了双亲。

沙……

我的公寓房间中再次响起白噪声。

“妈妈在你旁边吗？可以换她来听吗？”

酩酊大醉的我抓着玩具对讲机，按住发言按钮说道。关于对讲机的事，我没有跟任何人提起。如果被人知道我是靠着幻听儿子的声音来振作精神的话，一定会用奇怪的眼神看我，可能还会介绍心理咨询师给我。然而对我来说，即使并不真实，亡者的声音也还是如此强大。我正是被它治愈的，从只有自己活下来了的自责中得到喘息的机会。

断断续续的白噪声中出现了别的声音。

爸爸——……妈妈在噢……沙……大波波……

听着小光傻乎乎的话，仅仅那个瞬间，我仿佛回到了灾难发生前的平静生活中。顺带一提，大波波这种猥琐的词，也是小光生前很喜欢说的。到最后我都不知道他是从哪里学来的。我在小光面前是绝对不会说这种话的。

“换妈妈来听吧？”

不行……跟小光说话……沙……

“妈妈还好吗？有没有哭啊？”

妈妈……没有……呜呜……超级大波波……沙……

呜呜就是代表哭泣时的样子的幼儿语言。

“还有谁在？”

有啊……大家都在……

“那边黑吗？还是亮的？是什么样的地方啊？”

不知道……小光噗噗了……沙……

噗噗就是放屁的意思。小光每次放屁的时候都会说“小光噗噗了！还想再噗噗一次”，就是想要不停地放屁，也挺让人烦恼的。

“小光在那边平常都干什么呀？”

跳舞噢……和妈妈跳舞……

我一直相信这都是我的幻听，是想象，是自己编的故事。可是，如果真的有亡者的国度，而夏美和小光，以及其他众多的亡者，能够在那边幸福地生活，那该多好啊！以前我只觉得人们创造宗教，传颂着死后的世界，是为了逃避死亡的恐惧。但是也许，人们创造出宗教的真正动力，是对往生者的慰藉与慈爱。

在与竹宫秋来往一年后，我们之间渐渐产生了亲密的感情，然而我们的关系还是停留在朋友这一步。我一直犹豫不决的原因是，总觉得一旦有了新的恋人，我就会忘记夏美和小光。我不想就这样完全失去地震前的家人。恰恰是我，才更需要记得他们活着时的样子，他们笑起来的样子。我觉得拥有新的恋人，过幸福的生活，是自己对他们的背叛。竹宫秋对我的迷惘应该也有所察觉了，虽然她从没有开口问过。

“我的母亲是福岛县人。”

有一天，我们在餐厅吃饭时，竹宫秋突然说道。她妈妈的老家，就在核事故后被认定为难以恢复区的镇子，现在自然是荒无人烟了。年累计放射量超过五十毫希，人只要在那里待一段时间，就有可能受到致命的伤害。

“我本来要去镇上的，结果途中遇到了临检，再往前就已经不让通行了。我只能把车停在那里朝镇子的方向看，眼前都是没完没了的山路。到底有没有放射性物质，凭肉眼当然是看不出来的。”

充满童年时期回忆的地方就这样被封锁了，大概再也无法进入那片区域了吧。妈妈的老家、那片养育自己的土地，都再也无法触及了。

“放射性物质啊，就好像妖怪一样呢。”

“妖怪？”

“有的人为了躲避放射性物质跑到很远的地方，有的人就完全无所谓。对人体的伤害也模糊不清，有人说有影响，有人说完全没事。即使如此，人们心中其实都怀揣着一种非常漠然的不安，还要逞强假装自己根本没为这种事担忧，让我想起《才没有什么妖怪呢》那首歌的歌词。”

说着说着，她就唱起了那首歌的其中一段。

妖怪什么的，才没有呢
妖怪什么的，都是假的
是睡糊涂的人
眼花啦
但是有一点，就一点点
我还是很害怕
妖怪什么的，才没有呢
妖怪什么的，都是假的

受地震和海啸的影响，炉心熔毁的福岛核电站散发出了大量的放射性物质。而我们既没有亲眼见过，也无法清楚地定义这对人体到底有怎样的影响。我们就这样漠然地怀抱着无形无影的不安生活着，一边说着应该没事吧，一边呼吸着空气。

“所有的界限都很模糊。大家对现实的认知都各有不同，对于什么可信什么不可信也只能靠自己判断。”

接着，竹宫秋这样说道：“朋友和恋人的界限就这样模糊下去，我觉得也挺好的。”

我发现自己不能再逃避了，下定决心向她坦白了对讲机的事，包括我的幻听、小光的声音和我不想忘记亡者的事，全都告诉了她。她从头到尾不苟言笑地听着。

- 4 -

大概亡者就住在我的心中。那个用我所怀念的、地震前的声音，不停说着胸部、鸡鸡之类词汇的亡者。通过摄取酒精，我能够连通亡者的意识。当然，那亡者是我擅自在内心中幻想出来的，已经不存在于这个世上了。但是这种定义又有何意义呢？所有的界限都很模糊。

竹宫秋搬进了我的公寓，开始跟我一起生活，她再一次为我的酒量感到震惊。

“请少喝一点儿吧！你是想喝死自己吗？！”

她制定了一个足够尊重我和亡者相处时间的生活周期表。每周有那么几次，在规定好的日子，我可以喝到大醉，用对讲机跟小光说话。而其他日子我就要完全戒酒，以此来努力降低饮酒量。

我不想让她看到我幻听对话的样子。一个喝得烂醉的男人对着玩具说话的场景一定可笑至极。这一点我还是有自觉的。我请求竹宫秋在这段时间离开公寓，去跟朋友喝酒聊天，或者去家庭餐厅看看书打发时间。跟亡者说话说到最后，都是以我睡着收场。等我清醒时已经是早上了，但身上总是盖着毛毯。

经过两年的同居生活，我们决定结婚。去市政厅递交了结婚申请书后，竹宫就是她的旧姓了。我们没有举行仪式，但还是从亲朋好友和同事那里得到了很多祝福。他们看到我全都是松了一口气的表情。那时我已经把跟小光对话的时间减到了每周一次。而作为弥补，我用更多的时间跟阿秋聊天。与她相处的时间不断累积，最终超过了我与小光相处的年数。

“我有话想跟你说。爸爸我啊，结婚了。对方是小光不认识的人。”

烂醉如泥的我拿着对讲机说道。那一天，阿秋为了让我独处，自己跑去电影院看通宵电影。幻听中的白噪声开始断断续续，一成不变的声音夹杂其间。

沙……爸爸——……胸部！……

不管经过多少年，小光的言行都没有成长，跟他同龄的孩子都已经背着书包去上小学了。

“明白了吗？爸爸啊，跟不是妈妈的人结婚了。但是你听我说，爸爸会一直记着你们的，每天都会想你们。所以，能原谅爸爸吗？”

好啊……再陪我玩……

“知道了。我们还像以前一样，玩捉迷藏吧。”

要玩！……屁屁臭！……呀哈哈……沙……

我拿着对讲机在屋子里走来走去，因为酒精作用，墙壁看上去一会儿鼓起来，一会儿缩进去，不停变化。我躲进壁橱，然后关上了柜门，在一片黑暗中用对讲机说：“好啦，我藏好喽。猜猜看，爸爸在哪里呢？”

嗯……在哪儿？……没有啊！……沙……

黑暗中，对讲机的声音格外清晰。地震前，我们经常这样玩，一边对话，一边给他提示，让他找到我。然而那一天，无论我站多久，小光都没能找到我。虽然我心里明白这只是我的幻听。

爸爸不在！……沙……妈妈在叫我……

“妈妈吗？她说什么？”

不不……沙……妈妈说那边不不……

“不不”是幼儿语言中的“不行”。教训小孩子的时候，我们会尽量把“不行”说得温柔一些，所以就演化出了这个词来告诫他。

沙……爸爸——！……想去你那边啦！……

我在黑暗中握紧了对讲机，却只能对他说：“……这边，不不。妈妈都这么说了，就没办法了。小光，不可以让妈妈为难噢，不可以呜呜噢。”

知道了……不可以呜呜……

“再见啦，小光。”

拜拜……大波波……再见……

很多年过去了，福岛的一部分地区还是封锁状态。围绕核电的话题已经成了政治家们选举时的重要方针。不过东北地区确实在逐渐复兴，我的妻子也怀孕了。

就在我们为了家里增添新成员而商量着买房的时候，公寓失火了。当时我们两人正在从妇产科医院回家的途中，消防车自我们旁边驶过。心下觉得不妙，我们不由得加快了脚步。

公寓前面挤满了人，空中冒着腾腾黑烟。泵车开始送水，终于压住了从窗口喷出的火舌。发生火灾的地点并不是我们的房间，受灾情况报告中的这一条令我们松了口气。然而火焰却吞没了整座公寓，住在同一栋楼里的许多人都一脸呆滞地仰望着大火，有不少人还穿着家居服。

阿秋试图靠近公寓，一个消防员发现了，准备上前制止她。不过在此之前，我已经抓住了她的手腕。

“阿秋！”

听到我的叫声，她回过头来，苍白着一张脸说：“房间里……那个对讲机……”

“不行的。放弃吧。”

“可是……”

“不要紧。已经没关系了。”

我紧紧抓着阿秋的手没有松开。如果对讲机被烧毁的话，我就再也无法听到小光的声音了。但其实，我应该早点儿跟他告别的。

“已经不要紧了。谢谢你。”

一旦下定决心，我的眼泪便夺眶而出。那一天，如果我能陪在妻子和儿子的身边，我一定能像现在这样，紧紧地抓住他们的手，不让他们在海浪中消失吧。一定会大喊着不要走，维系住他们跟这个世界的联系吧。阿秋的脸被火光照亮。听到我吸鼻子的声音，她担忧地仰起脸来。我还活着，是留在生的世界上的人。火星漫天飞舞，转而变成冰冷的灰烬，然后像雪一样，纷纷落在我们的头上。

小孩出生了。这次是个女孩。孩子降生后总有一段没觉可睡的时间。每隔几个小时，她不是因为肚子饿而哭闹，就是需要换尿不湿了。睡眠不足的阿秋坚持喂母乳，而我也会帮忙冲奶粉，用奶瓶喂她。不过女孩长得飞快，不知不觉间就已经会站，会走，最终也长到了那个年纪。

“爸爸——来玩吧！胸部！”

从此以后，该如何养育小孩我就一点儿经验也没有了。女儿的身高已经超过了记忆中的小光，也终于开始整日叫喊着令大人皱眉的词了，然后没多久便又突然娴静起来。女儿上中学的时候，我已经完全是个大叔了。妻子和女儿的脸非常相像，看起来倒好似姐妹。

那是在某个周日，我带着几年前开始养的狗遛弯回来，一进家门，就看到女儿打开了壁橱，从纸箱里翻出了老相册正在看。那里面是我在地震中失去的妻子和儿子的照片。我从火灾现场找回了一些带有回忆的物品，不能说全都安然无恙，但大部分相册没被烧毁还是挺幸运的。

我们一起看了会儿之后，女儿打算把它们全都收回纸箱中。

“啊，这个啊……”

女儿说着拿出了压在箱底的对讲机。它已经受热变形，蓝色的外壳都熔化了，连内部的电子板也被烧焦了。公寓失火之后，它跟相册一起被捡了回来。然而从那以后，我就再也没听过小光的声音。

“话说，爸爸，这个是坏的吧？”

“看也知道了吧，已经坏到完全不响了。”

女儿一脸不可思议地拿着对讲机，变着各种角度看它。她还试着按了下发言按钮，可因为塑料受热后熔化得太厉害，那个按钮甚至都按不动了。

“但是，我小的时候，好像听到过这个发出响声，像坏掉的收音机一样的声音。是不是接收了什么奇怪的信号啊？”

女儿把它放回纸箱，站起身来，苦笑着说：“里面的声音好像说的是……大波波。”

part six

某件印刷品的下落 | 山白朝子

山白朝子

ある印刷物の行方

解说

在这篇小说创作之初的 2014 年，正是与 STAP 细胞相关的一系列报道在世上声名大噪之时。而另外，3D 打印也是在这一时期开始降价销售。创作这篇小说可谓艰难至极，这也是为什么作者对最后揭晓印刷品时的描写非常没有自信。

（初次发表于《读乐》2014 年 8 月号）

- 1 -

距离老家二十分钟车程的地方有个图书馆，那里就是我现在的工作场所。图书馆临近海边，只要打开窗户，就能听见海鸥的叫声。

我的工作就是把还回来的书放进推车，然后推着车在书架间穿行，只要用终端机扫一下书上贴的标识，就可以检索出书原来摆放的位置，而且会连同路线一起显示出来。利用地球磁场定位的地图可以清晰标明目前是在建筑物中的哪个地方。

在故事书的书架附近，我被一个男声叫住。

“不好意思，我想找与塔可夫斯基相关的书……”

那是个身着西装的男人，有着一张我似曾相识的脸。

“是那位电影导演？”

“是的。”

我一面给男人指路，一面回想着塔可夫斯基导演的几部电影。以前有人推荐我看过。按照那人所说，塔可夫斯基电影中的角色都象征着人类本身，而当那些角色说起父亲和母亲的话题，他们所指的则是神。

男人取下一本书，瞥了眼封面，然后又立刻放回了书架上。

感觉到我的视线，他转头看向我。

“您是小野寺小姐吗？”

“啊，是我没错。”

“太好了，他说您知道那个的下落。”

看来这男人从一开始向我搭话就是有目的的。

“我是柳原君的朋友。您还记得他吧？”

从男人嘴里听到这个名字的瞬间，我便感到一阵胆寒。这个男人，该不会是为了那件印刷品来的吧。

柳原宗司，我跟他交往的时间很短，如果不是因为那件事，我们也许还能继续保持很好的关系，我也不用逃命似的躲回老家。现在我只想把自己知道的事和看到的事，统统忘掉。

“已经死了呢。”

“欸？”

“柳原君，他已经死了。我想还是应该把这件事告诉你。”

据说是自杀。并没有说明动机，但应该就是因为那个研究吧。等注意到时，我已经是靠他扶着才能保持站立的状态了。我拨开他的手，倚住摆满一行行书的书架，闭上眼就能听到海潮声。

*　　*　　*

大学的前辈在某家研究所做文员，托他的关系，给我介绍了一份工作，具体的工作内容连前辈自己也不是很清楚，总之他让我先去面试看看。

当时，我从独自居住的公寓坐了二十分钟巴士，到达了那家研究所。空旷开阔的土地被一圈棕红色的砖墙围住。正面的大门口站着守卫，在我说明来意之后，还被要求出示了身份证明，门卫与内部确认过之后，才放我进去。

沿着砖铺道路一直走，眼前可见一座白色建筑物。毫无装饰性的外观犹如艺术品。这就是研究所所在的大楼。一进入室内，类似消毒水的气味扑面而来。在接待大厅，我终于见到了前辈。

“你说的工作，该不会是人体实验吧？”

“应该不是啦，但我也不能肯定。”

“这里到底是做什么的研究所啊？”

“与生物学相关的，好像是再生医学什么的。”

“再生医学？”

“你看过那张老鼠背上长出人类耳朵的照片吧？就是类似那种感觉的研究。我只是做文员，所以也不太清楚啦。”

研究室内同时进行着好几个项目，据说其中大部分是严格保密的。

快到面试时间了，我被带去了其他楼层。走在楼道中，穿着白大褂的研究员们与我擦肩而过。最后我被带进了一间类似会议室的空旷房间。

一个初老的男人站在窗边。他也穿着白大褂，满头白发，眼神如猛禽般锐利。前辈回办公室去了，屋子里只剩我跟这个男人。开始是正常的客套话，天气怎么样，家里都有什么人，还聊了家里养的狗，接着就进入了工作的话题。

“需要你做的工作，就是焚毁处理掉实验产生的废弃物。之前负责操作焚化炉的人因为家中有事不得不离职了。”

操作焚化炉？我不擅长机械操作的，能够胜任吗？似乎是察觉了我的不安，男人补充道：“很简单的，只要记住操作顺序就行了。”

我心中满是疑问。到底是什么样的实验？焚化炉操作那么简单的话，研究人员自己不能处理吗？不过对方给出的报酬实在诱人，我最终还是接受了这份工作。

面试结束，我去办公室跟前辈打了招呼。说到工作内容的时候，他的反应令我很意外。

“哎，是焚化炉吗？”

前辈的脸色阴沉下来。他偷眼向周围瞄了一圈，似乎是为了躲避办公室其他同事的耳目，特意藏到办公桌的背阴处跟我说：“如果事先知道的话，就不叫你来了。”

“为什么？”

“那可不是个好地方，就在最里面。听说那附近有不少人自杀呢。”

“啊？！”

“说不定有幽灵出没。焚化炉旁边有一座老建筑，我们叫研究楼。在那边工作的研究员动不动就有人上吊。从我来这边上班开始，到现在就已经三个了。不对，说不定还有更多呢。之前在焚化炉工作的那个人也是，昨天突然就逃命似的辞职跑了。”

“我听说他是家中有事？”

“谁知道呢。我说，现在拒绝还来得及吧？总觉得有种不好的预感啊。”

前辈看起来非常为我担忧，然而我却没有拒绝的打算，毕竟我很想挣这笔钱。

当时，我一个人住公寓，大学毕业后也没有回老家去，而是一边兼几份职，一边写小说。用小说这个词只是为了名头上好听，实际上以我的水平，参加个公开征稿的新人奖，都不一定过得了一审，所以我只是个梦想成为作家的自由职业者。

由于收入不稳定，我只好在伙食费上节约一些，每天就躲在屋子里煮面吃。如果有了钱，我就可以把打工的时间拿来创作故事；如果有了钱，就可以买那些我早就想要的资料，还可以旅行取材。有一个以欧洲为舞台的历史小说，我已经构思好几年了，能将它写出来，是我最大的愿望，然而我根本没去过欧洲。只要手上有了足够的钱，我就可以去想去的地方，尽情地取材。

打工第一天，我把饭团放进包里，然后出了门，路上一位推着婴儿车的妈妈与我擦肩而过。小宝宝一脸安稳地睡着。生育自己的孩子，到底是怎样的感觉呢？这种事反正与我无缘，准确地说，是与我的身体无缘。

我在研究所前的车站下了车，告知了守卫我的来访意图。在大楼入口跟前辈打过招呼。不一会儿，我的面前就出现了一位没见过的女人，看上去没怎么化妆，却有一张非常漂亮的脸。

“你就是小野寺小姐吧，请多关照，我叫那须川，由我来给你介绍工作的顺序。那我们尽快开始吧。”

“好的。”

我点头答应着，却连要去哪里都不知道。为了给对方一个好印象，我还特意满脸堆笑。那须川带着我走到户外，研究所的场地内有一些看上去像医院和理工系大学的景观，但无论哪里都很空旷，没什么人，大约是因为人们都在建筑内忙着搞研究吧。主楼后面有一扇大门，再往外就是茂密的森林，可以看到一根烟囱似的东西耸立在森林另一头。

“啊，对了，我是要带你去焚化炉那边。”

那须川看着我，脸上写着“我怎么才想起来跟你说”。她向大门的守卫简短说明后，我们就被放行了。接下来的砖道突然变窄了很多，茂密的树枝从两侧伸过来，仿佛一条隧道。我被带着一直往深处走去，就像被继母抛弃的汉塞尔与格莱特一样。

终于走到了一个岔路口，通往右边的小路尽头有一处老旧的建筑，外墙上爬满了藤条，几乎与森林同化了，如同一幅阴郁的油画。

“这是我们项目组的实验楼。”

就是那个吗？我想道。就是有好几个进行研究的人员都自杀了的那个吗？

“是什么样的实验呢？”

“这个我不能说。”

“我想也是。”

沿着左边的小路继续向前，就到了焚化炉，一座用切割的石材盖成的建筑，仿佛某种遗迹，又像是个要塞。猛一看的话，只觉得是个四方形的箱子。

入口是扇自动式的卷帘门。一脚踏进去，眼前是空空如也的开阔空间，四面是光秃秃的墙壁，冬天这里一定很冷，我不由得庆幸现在的天气还很暖和。既看不到煤渣的痕迹，也闻不到烟味，与其说是焚化炉，倒更像是教堂。虽然规模不同，但让人联想起丹下健三的“东京圣玛丽亚大教堂”那样肃穆的地方。

里面的墙上有一扇沉重的铸铁炉门，前面是个可移动的台子，那须川把手放到上面。

“运来的箱子就放在这里，然后通过控制面板来操作。门一打开，就把箱子推进炉内。”

控制面板在炉门旁边，桌子上放着操作手册。我一边听着那须川传授操作方法，一边试着让炉子运转起来。一点上火，墙壁里面的机械便开始轰鸣，传来阵阵低频的振动。有个能确认炉内情况的窥视窗，不过我没往里看。大部分热量已经被炉门和墙壁阻断了，剩下的刚好够让炉门变得温热。

“只要把箱子烧掉就好了吧？”

“是的。箱子里装的都是实验后的废弃物。”

“是什么危险的药物之类吗？”

“不是的，请尽管放心，也不会因为燃烧产生有毒气体。”

说话时，那须川两眼盯着炉门。

不知为何，总觉得她的目光中暗含着一种恐惧。

- 2 -

真是个奇妙的工作。相对于工作量，报酬可谓非常之高。他们给我账户上汇入的金额简直要让我感到不好意思了。

焚化炉的屋内仅有一把很煞风景的木质椅子和一张小桌子。入口处的卷帘门一打开，便能看到一块切割成长方形的、浓郁的绿色风景。箱子就是从那边运进来的，每天一次。

箱子是塑料材质的，灰色，长方形。设计上会让人想到旅行箱，大小也差不多。虽是塑料制，构造上却相当结实。盖子还特别用黏合剂之类的东西固定住，好像怕它本身封闭不严似的。他们跟我说不用取出里面的东西，直接连同箱子一起烧掉。

我把箱子放到台子上，开始操作控制面板。铸铁的炉门发出沉重的响动，缓缓滑向上方。炉内的空间尽展眼前，并没有多大，也就刚刚够放口棺材的高度和深度。下面排列着出火口，还有方便填入煤块的沟槽。在点上火之前，炉子里一片冰凉。这是自然。

我把箱子推进去，之后就全交给机器了。在等待焚化完成的这段时间，可以看看小说，或者在桌上写写故事。热量被隔绝开了，烟也会顺着烟囱排出去，所以守在炉子旁这块肃穆空间，意外地，还挺舒适。只不过这边没有厕所，要沿着砖道走回主楼去。主楼那边的食堂提供午餐，但是味道就差强人意了。米饭软塌塌的，味噌汤又特别淡，看来这家研究所不是做食品相关研究的。

箱子总是在十一点左右运来，然后到十五点为止，在炉内焚化四个小时。确认过焚化完成的显示后，我的工作就结束了。炉内残留的煤渣和灰烬都会自动清除，是非常完美的自动化系统。考虑到可能也有手工操作的需要，以防万一我还是看了遍操作手册。

傍晚，放下焚化炉的卷帘门，把钥匙还给办公室的前辈，我重新走回汽车站。还是觉得很不可思议，这种程度的工作，还要特意找人来干吗？随便找个研究员负责不就好了。

焚化炉旁边那座古老的研究楼，我似乎是不能靠近的，出入那里的研究员总是神经紧绷的样子，每次在研究楼附近与我擦肩而过，必然都露出一脸惊吓的神情。箱子就是从他们的研究楼里运来的，而柳原宗司也是在那里工作。

柳原宗司的脸上总是没什么表情，眼神忧郁，看上去好像很疲惫的样子。他跟我的年龄差不多，一直负责把实验废料运到焚化炉的工作。每次他都是用推车载着箱子走到这边，然后了无生气地说："拜托你了。"

"好的。我收下了。"

"谢谢。"

他身形高挑，非常适合穿白大褂，每次靠近都能闻到他身上的药品气味，让我想起高中化学实验室的味道。他总会帮我把箱子搬上台子。

某天，我边散步边等待着焚化结束，走到小路的分岔口，正好看到穿白大褂的柳原宗司。他抬头仰望着焚化炉的烟囱，一股股的青烟从烟囱口升腾起来，消失在蓝天中。我走到他身边打招呼时，突然发现他的白衣上沾着点点红色的污迹。

"这个是血吗？"

柳原表情僵硬地回过头来。他的样子仿佛是被人定罪的犯人。因为有点儿担心，我又重复了一遍："哪里受伤了吗？"

"这并不是我的血，小野寺小姐。"

"那是什么？"

“我刚才在做实验，可能是那时弄上的吧。”

柳原宗司转头望向研究楼，完全没有修剪的植物和杂草将大楼包围起来，路上的石板也破破烂烂的。相对地，在安保系统上倒是没少花钱，所有的窗户都安装了监控摄像头，正面的入口处设有虹膜识别系统。

“是用动物进行的实验吗？”

我想着他衣服上的血会不会是从实验动物体内流出来的。

“如果是这样的话，你会鄙视我们吗？”

“这要看是什么实验内容了。”

“并不是会伤害动物的那种。”

“啊啊，那样的话，我就放心了。”

“研究楼里只有人类。”

“那是什么样的实验呢？”

他沉默了一段时间，似乎是在犹豫，最后四下看了一圈，确认过没有第三者在场之后，才开了口。

“是 3D 打印。”

“欸？”

“是 3D 打印的实验。”

真是个意外的答案。我倒是知道 3D 打印机，就是那种能够根据电脑模拟出的图像数据制作出立体造型的工具，以前电视上介绍过，用热熔解的树脂逐层打印出立体物品。之前前辈告诉过我这家研究所是研究生物科技的，我怎么都没办法把这个跟 3D 打印联系起来。

“我们在开发特殊的 3D 打印技术。”

“原来如此，是这样啊。”

对话到这里就结束了，我们回到了各自的工作场所，结果到最后我也没弄清他白大褂上的血是哪里来的。大概是操作 3D 打印机时，有人不小心夹到手指导致出血了吧。

回家后，我在网上查了 3D 打印的相关信息，似乎各种地方都会用到这项技术，比如企业在设计新产品的时候，会用 3D 打印技术打印出试品，方便讨论外观。而在医学领域，已经可以根据患者的需求，用这项技术来打印人造骨骼，然后进行移植了。不仅如此，打印人造血管甚至人造肝脏也逐渐变得可行，确实与生物科技有这样那样的联系。

有些价格便宜的 3D 打印机，几万日元就可以买到。不过越便宜的机器打印失败的概率就越高。本来应该是将线状树脂的前端一点点熔化，然后对照电脑设计图上的形状层层叠加而成，只是这项工程并不总是那么顺利。有时树脂没有完全熔解，输出时还保持着条形状态，最后打印出的物体看起来就会异常悲惨。有很多失败案例被拍了照片放到网上。其中也有打印失败的人形产品，脖子以上看起来就是一堆半熔化的条状物，总觉得好像某种恶心的艺术品一样。

柳原宗司的身上总沾染着药物的气味。当我跟他并排坐在一起时，那股气味便会慢慢飘过来。我们每天都要碰面，关系自然亲近起来，有时会等对方下班，一起去吃个晚饭，然后再回各自的住处。他还是没什么表情，但当我们在一起时，总算看着会放松一些。我们时常聊一些以前看过的书、塔可夫斯基的电影什么的。就算我跟他说了自己在写小说的事，他也完全没有笑话我。然后，在我们终于一起喝酒的时候，他问出了“你有男朋友吗”这个话题。

“现在没有啦。好几年前就分手了。”

“为什么？”

“感觉渐渐疏远，然后，他提出了分手，还有我本身无法怀孕的问题。”

二十岁的时候因为罹患重病，我做了子宫摘除手术，肚子里应该长着子宫的地方，现在空空如也。我将此事据实相告，原来交往得很顺利的恋人也就此告吹了。虽然我们是希望能结婚的，但他的父母却强烈反对。

自己的肚子里鼓起一个生命体，却完全无关自己的意志，它会自行活动，直到钻过狭窄的通道来到这个世上。将一个完整的人带到这个社会上的感觉，我是无法体验了。即使看到推着婴儿车的年轻母亲，我也没有任何嫉妒之情。无论是听说表妹的孩子降生，还是同期的同学生了第二个孩子，我的内心都可以保持平静。但是，每当看到母亲虐待孩子的新闻，我却无法抑制难过的心情，甚至为此诅咒上天的不公。

听到这些话，柳原会有什么反应呢？反正我还是对他和盘托出了。如果他为此而跟我保持距离，那也只能这样。但是，他只是淡淡地说道：“你不能怀孕这件事，跟你写的故事之间有关联吗？”

“欸？”

“小野寺小姐的遗传基因，有可能会通过创作故事而流传下来呢。”

“也许吧。不过，也就仅此而已了。我毕竟还是生不了孩子的。”

“马上就能生了。”

“怎么生？”

“依靠医学进步。”

听我说了子宫摘除的事，他也一副无所谓的样子。对此我还是很高兴的。那些瞬间涌上心头的、对有孩子的女性暗暗的向往，如果是跟他在一起的话，也会烟消云散吧。我这样想着。

我开始跟柳原宗司交往。下班时等着对方一起走，然后回同一个房间。我会做意大利面款待他，浇着热番茄酱汁的意大利面。

“最近我的打印机总是卡住纸动不了。”

有时我用来打印小说的激光打印机会变得很不好用。虽然我马上就跟柳原说了，但他这样那样地捣鼓一番后，也只能摇摇头。

“不行，搞不懂。”

明明对3D打印那么熟悉，对付普通打印机却是门外汉吗？

“已经是电子书的时代了，推敲小说还是要靠纸啊。”

我点点头：“这样比较方便大脑思考。你不觉得只有电子文档的小说好像人类没有肉体一样吗？那样就只剩下作者灵魂的遗传基因而已了。就像人类需要肉体一样，一定要纸质的书才行。虽然之后会产生库存管理、书店上架等一系列问题。”

“那样的话，用3D打印来做一本书不好吗？”

他的建议是这样，在家里放一台做书用的3D打印机和相应的材料，然后从网上下载想看的书籍数据。这里所说的并不是电子书那样单纯的文本，而是包括装帧和触感，集合了构成单行本的所有信息的数据，然后用3D打印将其做出来。通过纸浆粒子或类似的东西逐层打印，就可以在房间里做出如同活字印刷一样、装订成册的书籍了。用这种方法，印厂也可以做出现在的技术所无法实现的装帧。这样人们拿到手上的就是与电子书完全不同的、有重量的书籍了。

“这种事真的能实现吗？”

“只要人类能够想象的，都可以实现。”

柳原宗司对 3D 打印可谓痴迷了。在他想象中的未来，所有东西都可以联系上 3D 打印。跟他说话的时候，印刷这个词井喷式地出现，并且有着完全不同的概念。那段时间，我过得非常幸福。然而，这段交往却没有持续很长时间。

那是三个月后的某天，从早上开始就在下雨。上午十点半，我打开卷帘门，做好了焚化炉的准备工作。当我听着雨声看书的时候，打着伞的柳原出现了，还是跟往常一样，推着装载箱子的推车。

“早上好。”

“嗯。”

平时他都会帮我把箱子搬到台子上，但是那天他的手机响了，于是急急忙忙赶回了研究楼。我一个人抱起箱子，对于里面装的东西还是一无所知，但应该是某种黏性液体，或者类似的东西，因为箱体倾斜时可以感到重心向低的一边偏移。

我费了老大劲儿才把箱子举起来，准备往台子上放。不知是不是箱子表面淋了雨的缘故，我手指一滑，这个方形箱子立刻摔在脚下，发出巨大的声响。糟了。我心叫不好，赶紧确认有没有摔坏的地方。看起来没事，总算松了口气。而就在这时，我听到了一阵奇异的声响，某种湿答答的物体蜿蜒着扭动身体的声音。

我回头看向收起了卷帘门的入口处。雨滴打在森林树木间发出沙沙的响声。会不会是外面传来的声音呢？我想道。然而并不是。声音就是从我身边的箱子里发出来的，而且又一次，还是什么物体扭动身体的声音。

我退到远处。箱子里有东西在动。我开始感到不安，从来都没有想过，这里面有可能放着活物。

冷静下来，就算箱子里放的是某种活物，那又怎么样，想想我听到的那种黏糊糊的声音，无非也就是章鱼或者乌贼之类的吧。说服自己那是软体动物的声音以后，我稍微松了口气。虽然同样是焚化处理，但对象是章鱼或乌贼的话，良心上的谴责终归会少一些。不过章鱼和乌贼烧了也很可惜啊，烤来吃多香。

说到底，刚才那个声音，是不是活物发出的都不一定，说不定是某种黏性物体贴在了一侧箱壁上，然后因为重力发出了响声。为了再确认一下，我走过去，把耳朵贴到了箱子上。如果那个时候什么都没有听到，我在之后的日子里，也就能以平稳的精神状态正常地生活了吧。

雨突然变大了，在乌云的尽头，传来一种类似大地轰鸣的声音。打雷了，风也刮起来了。箱子表面的雨水一滴滴落下来，在焚化炉室内冰冷的地板上留下了一摊水渍。

从箱子里面传出了微小细弱的呼吸声。

啊噗……啊噗……

那是婴儿的声音。我的头脑中立刻浮现出了刚刚离开母体没有多久还裹着羊水的婴儿形象。我终于察觉到，自己一直在焚烧的是什么。

- 3 -

柳原宗司到底有多喜欢我呢？他身穿白大褂站在葱郁森林中的形象一直留在我心中。休假时经常看到他在画素描，绘画似乎是他儿时的梦想。这么说起来，总觉得他有哪里很像文森特·凡·高，特别是那个用剃刀把自己的耳朵切下来送给妓女当礼物的男人的自画像。

“什么时候我们一起去德国旅行吧。”

有一天他突然说。

“嗯，好啊。去欧洲取材一直是我的梦。不过，为什么是德国？”

“凡·高的耳朵正在德国美术馆展出。”

“耳朵？不是真的耳朵吧？”

“某种意义上说，就是真的耳朵。似乎是凡·高的后人提供了活体细胞。细胞经过培养之后，用 3D 打印做成了耳朵的形状。”

凡·高的耳朵被放在浸满培养液的玻璃容器中展出，前面还放置了麦克风，让参观者可以对着凡·高的耳朵说话。声音会通过电脑转化为实时的神经刺激，传导给培养液中的耳朵。

在许许多多略微恶心的感觉中，我还是体会到了一点儿浪漫。被孤独的画家疯狂地切下的耳朵，象征着他的悲伤，将其复原然后对着它说话，也许真的能够治愈他的孤独。

死亡的孤独。

灵魂的孤独。

他自己又会如何看待这件事呢？

又或者，根本不会去想吧。

至今我也还是不明白。

我给柳原宗司打了无数的电话。焚化炉室冰冷的墙壁，打开的卷帘门入口，潮湿的树木间阴郁的颜色。电话接通后不久，他就赶过来了。打着雨伞的他出现后，看了眼地上的箱子，然后慢慢走向坐在椅子上的我。我立刻站起身，向后退去。他露出惊讶的表情。

“告诉我，箱子里装的到底是什么？迄今为止，我都烧了些什么？”

“小野寺小姐，出什么事了吗？”

“我听到声音了。从箱子里发出的声音。”

“声音？”

他走到箱子旁边，把耳朵贴了上去，然后摇了摇头。

“什么也听不到。”

“我刚刚听到了，可能已经窒息了……”

没看到箱子上的透气孔，所以过了这么长时间已经憋死了吧。我下意识地摩挲着小腹，那片曾经长着子宫的地方。柳原关切地看着我。

“你太累了，今天先回去吧，好好休息一下。我一会儿买点儿甜品给你送去。”

这么说着，他把箱子抱到了台子上，然后操作控制面板，炉门向上滑起。我累了。也许真是这样。他把箱子推进炉内，炉门带着隆隆巨响关闭了。随着一阵低频的振动，焚化开始了。

柳原扶着我走回了主楼。我们在大厅分开，之后我一个人去了办公室，跟前辈打过招呼，得到了早退许可。前辈看起来非常担心。

“怎么了？发生什么事了吗？”

我摇了摇头，为了表现出没事的样子，还特意笑了笑，只是不知道看起来怎样。

我姑且走出了主楼，在玄关处撑开伞，抬头仰望着雨云。婴儿的声音还残留在我耳中，郁郁葱葱的森林中那间焚烧炉的景象总在我大脑里挥之不去，如同《汉塞尔与格莱特》故事中的森林一样。我也是在毫不知情中被带进了一个遗弃小孩子的地方。雨滴激烈地敲打着地面，仿佛是在谴责世间一般。

我想起了前辈跟我说过的话。在那栋研究楼里工作的人有好几个都自杀了，而那个之前负责焚化炉的人也急着辞职跑了。我收起雨伞，回去找前辈，进了办公室，对前辈点点头，小声跟他说道："有件事想拜托您。能不能帮我查一下前一个从这里辞职的人？"

用办公室的电脑应该能检索到这些信息。我也知道提出这种请求可能会受到责备，但是没想到前辈却点头同意了，当面就把查到的信息交给了我。也许是因为我脸上的表情，就仿佛向人求救的落水狗一般吧。

当天我就采取了行动。我从研究所走到车站，然后乘上了电车。是因为累了，所以才会听到那种声音，柳原是这么说的。如果能够毫无疑虑地相信他那该有多轻松。车窗外的景色变得密集起来，电车驶入了城市中心。

出了检票口，我重新撑起伞，此时天色已经很暗了，滴着水的霓虹灯反射着五颜六色的光芒。穿过风俗街，眼前出现几栋老旧的公寓。我走进其中一间，乘电梯去往目的地楼层。

我确认了好几遍从前辈那里打听来的门牌号码，然后按下了门铃。

一个中年人答应着出现在玄关处。他看起来十分消瘦，脸色也非常不好。“是Y先生吧，可以稍微跟您聊一聊吗？”我这样问道，“您以前，是在某个研究所负责焚化炉的工作吧？”

他的脸一下就冻住了。我赶紧说明了自己的来意。研究所这个词令他十分紧张，但当他听说我是接替他负责焚化炉的人时，他的态度反而缓和下来。也许是认为负责焚化炉的人与自己有着相同的立场吧。

我们约好十分钟后在外面的咖啡厅见。我很快便找到了那家咖啡厅，是家桌椅破烂、看起来非常不卫生的小店。我和Y先生相对而坐，从我们的位置可以看到外面被雨打湿的地面。店员端上了咖啡，我们俩却没有一个人伸手碰杯子。

他一上来就问我，有没有看到箱子里的东西。见我摇了摇头，他的表情有点儿失望。我也同样失望。因为他也没有看过箱子里面是什么。据他所说，家中有事而辞职的说法，完全是研究所那边撒的谎。他坚称自己是看到了不该看的东西而被迫辞职的。

Y负责处理送到焚化炉的箱子总共有半年时间。他和我一样也是由熟人介绍去的。每天都有人送箱子过来，而他负责焚烧。虽然他也对箱子里装着什么产生过好奇，但因为没有关系好的研究员可问，所以也只是默默地工作着。

想着研究楼里到底进行着何种实验，Y的好奇心不断膨胀。终于，那一天来临了。在方砖铺成的步道上散步时，Y捡到了研究员掉下的磁卡，那是可以进入研究楼的磁卡。虽然现在已经换成了虹膜识别系统，但当时好像还是使用的磁卡锁。Y便使用他捡到的那张磁卡，进入了研究楼。

研究楼整晚都在进行实验，不过留守的研究员就只有一两名。Y关好焚化炉的卷帘门后，就潜入了森林中，一直等到晚上，才走向研究楼。刷了磁卡后，正面出入口的锁就解除了，他得以进入楼内部。

按照窗户来数的话，他感觉应该是三楼，然而内部的楼板全都被拆除了，只在中心留下一个巨大的天井。无数的光缆铺在地上，柱子中间摆放着许多台电脑。身穿白大褂的研究员就在天井中心附近走来走去。四周都是药物味道，仿佛是冲鼻的臭味，又好像有点儿甜，时而还泛着酸，仿佛各种药物混合在一起的味道。Y一边留心着不被人发现，一边在堆积的物品中移动，逐渐接近建筑物的中心。

那是一个大到足够让人在里面站着游泳的四方形玻璃水槽，搭载在基座上，周围还有灯光照明。金属的机械手臂包围在水槽四周，仿佛保护王座的卫兵。

有水滴滴落的声音。机械手臂把前端扎进了水槽中，溢出的水贴着水槽壁灌进地板上的排水沟内。水是淡淡的橘黄色。室内相当温暖。

啪嗒，啪嗒……

Y看到了漂浮在水槽里的东西，而他的行迹也随之暴露。因为他发出了一声惨叫，并且无法停止地一直叫了下去。水槽里的漂浮物，实在太过恐怖了。

咖啡店里与我相对而坐的Y，整张脸都凝固了。他继续说着。水槽里那个恐怖的东西因为痛苦而全身扭曲着，那是活的，大小就跟婴儿差不多。

研究员发现了Y，把他带到外面，给他打了镇静剂。等他醒来的时候，已经躺在医院的病床上了。诊断说，他因为工作上的压力和工作时间摄入了酒精，产生了幻觉。他确实在等待焚化完成的期间喝过酒。Y 被迫辞去了工作，研究所给他账户里打了一笔巨款，所以他迄今为止没有跟任何人说起过这件事。不管怎么想，这种时候还是闭上嘴比较好。

我付了两个人的咖啡钱，跟 Y 告别，独自往家走。雨一直没有停。走向车站的时候，我才想到自己忘了跟他说我听到箱子里传出的那个声音的事。Y 在研究楼里看到的浮在水槽里的东西，到底是什么呢？又或者，他看到的真的是幻觉，就像我听到的也是幻觉一样？或许是那个焚化炉本身会产生某种让人做噩梦的物质，长期待在那里，就会渐渐分不清梦和现实？所以才不让研究员们进行焚化工作，而是要从外面雇无关人员。我的大脑里不停盘旋着这些事。

电车载着我驶向我家所在的区域时，我收到了柳原宗司发来的信息，里面说他去过我住的地方了。他一直以为我真的在家休养，所以拿着我给他的钥匙，买了甜点上门去看我，然后却发现我并不在家，为此十分担心。

车窗外的天色已经完全黑下来，透过被雨水打湿的玻璃，时不时地，可以看到外面的万家灯火。我给柳原回了信息，跟他说我马上回家，也说了自己去见之前在焚化炉工作的那个男人 Y 的事。对我来说，这是在表明决心，是在告诉他我在调查箱子里的真相，也是告诉他不要觉得可以蒙混过去。即使，这会造成我们两个关系破裂。

“我们谈谈吧。”

他回了这么一句。

- 4 -

当我到达离家最近的车站时，已经完全是深夜了。雨总算是停了。因为车站很小，所以附近的道路也比较昏暗，只能看到乱停乱放的自行车和自动贩卖机。不，还有一样，一张我所熟悉的脸正望向这边。

“小野寺小姐。”

柳原宗司站在那里，一只手上提着蛋糕店的纸袋。他一直都在这里等我吗？还是去别的地方打发过时间，等我差不多快到时又回来的？

“可以告诉我，箱子里到底装着什么吗？”

“事已至此，也没办法了。”

车站旁边有一条河。我们透过布满锈迹的金属网俯视着河面。街灯的光亮随着水波浮浮沉沉。雨停后刮起的风中，夹杂着阵阵鱼腥味。柳原宗司开口向我讲述起来。

“那座研究楼里进行的是 3D 打印实验，使用多功能干细胞进行的 3D 打印。”

“多功能干细胞？”

“也叫作万能细胞。我们在那里印制人类的器官。”

他说那座被藤蔓包围的老旧研究楼内部，有一个巨大的羊水池。大概就是 Y 所说的那个水槽吧。水池周围有很多金属制的机械手臂，就是通过它们前端的探针，把多功能干细胞和人造骨骼等打印到羊水中。从很早开始就一直有用 3D 打印技术制造特定脏器的研究，而柳原所属的研究团队则将这种实验更推进了一步。他们的最终目的是让羊水中形成结合了所有脏器的肉体，也就是打印出生命体。

追踪到标志性基因所在的细胞后，3D 打印的针头会像编织衣物一样在羊水中不断将这种细胞复制堆积。而设定的程序会通过体外诱导，使多功能干细胞高速分化成目标细胞，完成后的生命体会在一个晚上之内被打印到羊水池中。

“为了缩短实验周期，打印的肉体体积也必须设定得尽可能小。不过，那并不是真正的人类，而是由电脑模拟输出的跟人体一模一样的东西。打印出的心脏真的能够跳动，骨髓能够制造血液，神经能够释放电流信号。我们的实验就是要打印出将这些全部结合在一起的活生生的人体。但是，到目前为止还不是很顺利。大多数时候，出现在羊水中的都是七零八落的东西。即使能够连接起来，也总会有地方不正常。”

该长眼睛的地方长出了几根手指，或者是肋骨内侧长出了脑袋。这样的印刷事故必须进行废弃处理。等到他们的实验结束，没有顺利变成生命体的东西就会被从羊水池中打捞上来，收集到一起，装进箱子里。以前，他的白大褂沾上血迹，也是从打印失败的肉体中喷溅出来的吧。

“昨晚的实验中，心脏没有打印成功。今天早上的时候，我们本打算等它停止呼吸了以后装箱，但它可能只是进入了假死状态吧，然后一定是在箱子里恢复了呼吸。那就是你听到的声音。”

我想起了那个从箱子里传出的细弱的呼吸声。

他说，以前焚化炉的工作都是由研究组里的人负责的，然而，大家渐渐变得不正常起来。在知道箱子里装着什么的情况下，做这种事总是不太好。所以，为了减轻组员的心理负担，最终决定让毫不知情的人来负责焚化处理工作。

我走上前去扇了柳原宗司一耳光。高个子的柳原，像个人偶一样呆呆地低头看着我。蛋糕店的纸袋还挂在他一只手上。一片漆黑的夜里，只能听到河水静静流淌的声音。

我质问他，打印出来的东西是否有生命。

“大多数在打印过程中就死了，顺利的时候，能够活一会儿。”

“那么有灵魂吗？”

“这要看怎么定义。只是现在，还没有人能够给出准确的定义。”

不过他是这么认为的。漂在羊水池中的那些，不过是多功能干细胞和人造骨骼结成的块而已，除此之外别无其他。如果不这样说服自己，那么无论是夜里睡觉的时候，还是早起刷牙的时候，都会因自己的所作所为而被无尽的罪恶感吞噬。

“如果这项研究能够成功，小野寺小姐就可以成为母亲了。因为我们可以打印出带有自己 DNA 的婴儿。就算一定要怀孕后生产，也只需要把 3D 打印出的子宫移植进体内就好了。这个实验也是包含这方面研究的。只要复制打印出小野寺小姐的肉体，再把子宫摘除下来移植过去就可以了。人体对自己的器官是不会产生排斥反应的。不，连移植手术都不用做，直接在人体内打印特定器官也是可行的。”

我扑上去不停地打他，用力推了下他的胸口后，蛋糕店的纸袋飞出去不知落到了哪里。我懊悔地紧咬住嘴唇。我想要孩子啊。我能够理解那些想要孩子而不得的人的心情，所以，我包庇了他们的罪行。

炉内一旦点火，就会感觉到热度，能够透过厚重的铁门感到炉内灼热的火焰和将所有东西炭化的炙热，令我不停地冒汗。太奇怪，明明炉内的温度是被隔绝开的。

这是罪孽深重、恐怖至极的行为。然而那之后的一周时间内，我仍在不断地处理着那些实验的废弃物。我尽量不去细想那些装在箱子里的东西，却真的开始产生幻听了。每次炉内的火焰被点燃，我都会听到箱子中传出声音，非常细小的声音。该不会是在箱子里恢复了呼吸吧。以前负责焚化处理的研究组成员之所以变得不正常，就是因为渐渐能听到这种声音了吧。

那些从烟囱中升腾起来的烟，在我看来也变得不同了。直指青空的烟柱，仿佛是回归故里的灵魂。以前，柳原宗司也仰望着烟囱里冒出的烟发呆。他是否也带着同样的心情呢？我努力以自己的方式理解柳原宗司，然而还是不行。

我辞去了这份工作。当我向研究所表明自己的意愿后，他们马上就接受了。

最后一天，我收拾好行李后坐上了巴士。天空被厚厚的云层覆盖，树木在风中摇摆着枝叶。穿过研究所的正门，我首先向办公室走去，跟前辈打了招呼，感谢他能够介绍工作给我。

沿着方砖铺成的道路往前走，穿过大门，进入森林深处。道路突然变窄，植物形成了天井，如同产道一般令人感觉压抑。小路分成两条，我向焚化炉的方向走去。

如同教会般肃穆的空间，炉子已经做好使用前的准备工作。等待箱子运来的这段时间，我开始收拾自己的私人物品，有几本文库版小说和一些笔记用品留在了桌子的抽屉里，不知道他们决定了接替我的人没有。我这么突然地辞职，恐怕一时补不上人吧，短期之内一定又是研究组里的某个人来负责焚化处理工作了。

一阵嘎啦嘎啦的推车响声传过来。柳原宗司出现在打开的卷帘门入口。那个身着白大褂的高个子青年，长相还是一如既往，像极了切掉耳朵的著名画家。

“小野寺小姐，这个拜托你了。”

“嗯，知道了。”

他推着推车走到炉子前面，然后替我把箱子放到了台子上。交接完成。我们互相看着彼此，他开口道：“回去的时候，可以来跟我说一声吗？”

“不知道，应该直接就走了吧。”

“那这可能就是我们见的最后一面了吧。”

“是吧。”

柳原宗司的眼睛垂下去，露出非常疲惫的神情。

“怎么了？昨晚熬夜做实验了吗？”

“嗯，稍微……那须川小姐上吊了。”

“那须川小姐吗？”

就是我刚来这边工作时，给我介绍焚化炉的女研究员。

“是吗？太可悲了。”

“确实很遗憾。”

这就是我跟他最后的对话。

柳原宗司推着推车，往研究楼的方向走了，直到他的背影彻底消失在茂密森林的那头，我才开始工作。以往都是操作控制面板打开炉门，但今天这个最终日却不同以往，我先将台面上的箱子放到地上，然后掏出了藏在包里的工具——一把可折叠的锯、一把榔头和一把凿子。我要用这些把箱子打开。

塑料箱的盖子看上去是被黏合剂封住的。我把凿子的刀刃插进盖子和箱体的接缝处，然后用榔头敲打。至少最后这一个，我不打算焚化，而是要带回去，亲手为其建个墓。在远离研究所的其他地方，举行葬礼来寄托哀思。

打开箱盖的工作比我想的要难很多，即便用了凿子也无法扩大盖子和箱体之间的缝隙，甚至都没能将凝固的黏合剂削掉分毫。我也试过锯开，但就算拼尽全力到锯条都快断了，也还是无法留下哪怕一条口子。干着干着我已经满头大汗、疲惫不堪，平时没什么机会用到这些工具，一个不小心就被打滑的凿子弄伤了手指，血滴到了箱子上。我下意识地按住小腹，那个不能生育婴儿的小腹。

需要能够破坏箱体的工具，还有什么能拿来用呢？我四下寻找着。有了，我准备赌一把。

用控制面板打开了炉门，将箱子放入炉子内部。在没有关闭炉门的情况下，我开始点火操作。门设有焚烧开始后自动关闭的程序，但被我用椅子卡住了。木质的椅子夹在铸铁门扉中间吱嘎作响，却依然挣扎抵抗着。液晶画面上显示程序错误，怎么也点不着火，只好切换成手动模式。我的计划，就是用焚化炉来破坏箱子。

炉门大开的状态下，低频的振动传遍了整个炉体。火焰在炉内升腾，炙热与明亮四溢，朝着站在炉前的我涌来，令我大汗淋漓。我把手遮在眼前，眯起眼从指缝间看过去，监督着箱子燃烧的程度。塑料的外壳慢慢被火焰融化，开始变得焦黑，刺激性的臭味扑面而来。在箱子完全熔化之前，我停止了炉子的运转。

火虽然灭了，炉内却依然高温，没有时间等它冷却了，随时都可能有人来焚化炉这边，如果我干的事被发现，一定会立刻遭到制止。炉子前面有个临时搭载箱子用的金属台子，我把它横过来，边缘抵着腹部支撑住身体，然后上半身探进了炉子里。即使万分小心不去碰炉子的内壁，异常的高热还是刺痛了皮肤。整个箱子都在冒烟，散发着树枝燃烧的味道。我的手眼看就能碰到箱子边缘了。

突然下身一滑，我下意识用手撑了下炉子内壁。手掌立刻发出肉被烧烤时的尖细声响，我不禁失声惨叫。忍着烧伤的剧痛，我死死抓住箱子把它拖了出来，然后顺势向后摔倒出去。箱子也随我一起脱出了炉口，垂直掉到地上。

砸上地面的瞬间，箱子破裂开来，像摔碎的水果一样，从内部迸发出一股液体，混合了红色和黄色的水扩散开来形成了水洼。一阵药物的味道冲进鼻腔，还夹杂着一股仿佛是各种液体掺在一起的臭味。一坨坨的肉块也掉了出来。我知道，那就是个婴儿。即便他与正常的婴儿完全不同，我依然为这个孩子感到心疼。

我把箱子里的东西全部收起来，装进了经过防水处理的书包，这样就不会有液体渗出来了吧。收拾好之后，我离开了研究所，连公寓都没有回，直接赶往老家所在的镇子。

* * *

“那项研究已经中止了，小组也解散了。据说那座叫作研究楼的建筑，连同焚化炉一起，全部被拆除了。”

我们站在能听到海潮声的大厅里说话。紧挨在图书馆旁边的地方种了柑橘类的树木，一打开窗户，就能闻到果实的香气。

“您还在写小说吧？”男人问。

“这事你怎么会知道？”

“柳原君给我讲了很多你的事。”

“有一阵子没写了。现在，在这边码码书也觉得挺开心的。不过，说不定哪天会再写吧。”

男人向我行了个礼，接着便转身走了。在他快要走出图书馆的时候，我出声叫住了他。

“为什么要特意到这里来？”

“柳原君一直都很担心你，看到你过得很好也就安心了。”

“他真的死了吗？”

我的心底还是有一丝疑虑。那些与这个研究相关的迄今为止自杀的人，实际上可能还活在别的什么地方吧，可能还在继续着那个研究吧，可能这个男人来找我，只是为了确认我有没有把研究相关的信息泄露给周围的人吧。然而男人最终什么都没说，就离开了图书馆。他乘坐的汽车远去之后，图书馆的大厅内只剩下我。

我回去继续工作，推着堆满书籍的推车，在书架间移动。

听说我要回老家生活，妈妈非常开心，有很多相亲机会找上门来，我却还在犹豫。我站在打开的窗前，眺望海面，图书馆是小镇上视野最好的地方。坟墓就在那边。

没有墓碑，作为代替，我种了一些植物，选的是那个切掉耳朵的画家最喜欢的品种。向日葵已经开花了吧。我哭起来。远处有海鸥飞过。

part seven

夏娃·玛丽·克罗斯|越前魔太郎

越前魔太郎

エヴァ·マリー·クロス

解说

越前魔太郎是系列小说《魔界侦探 冥王星O》的作者。其在舞城王太郎原著的电影《NECK》中扮演的重要角色也被很多人熟知。《冥王星O》系列中出场的“人体乐器”在这次的短篇小说中也有出场。虽然该作与《冥王星O》是否属于同一世界观还存在疑问，但也许可以将其作为《冥王星O》的姐妹篇来欣赏。此外，“人体乐器”这个构思，据说是来自克里夫·巴克的短篇小说，参考的就是其中关于恶魔把人类切开做成乐器的描写。

（新作）

-1-

与夏娃·玛丽·克罗斯的相遇可以追溯到五年前，我们是在沉闷的郊外遇到的。那一天，我为了送货特意开车出来，然而突然间发动机盖下面就冒出了黑烟，只好把车停在路边，下来检查引擎，但找不到原因。等我环顾四周想着该怎么办时，才发现这是个鸟不拉屎的地方，就算想求助，最近的农家也在几千米开外。凑巧的是，这时刚好有一辆小轿车开过来停在了我面前。司机是一个大学生模样的女人。

“您好，遇到什么麻烦了吗？”

她摇下驾驶座的车窗对我说道。车内的音乐立刻飘了出来，是一首老摇滚。

我对她说：“如你所见，真发愁啊。”

“我把你载到能打电话的地方吧。”

“那真是救我一命了。”我坐到了她的车里，“好怀念这首歌啊。”

“是啊，非常怀念。我小时候，电视上经常放这首歌。”

我那时候还用父亲的卡带录音机录下来反复地听过。我们两个一路聊着这样的话题，直到在路边看见了一家咖啡馆，我借来电话联系了店里，然后跟她一起喝了杯咖啡，并且对这场不幸引发的偶遇表示感谢。那之后，我们又一起吃过几次饭，然后她就成了我的女朋友，没有什么大吵大闹，顺顺当当直到现在。在此期间，我也稍微有过跟她结婚生子之类的假想，然而却怎么也不敢在她面前说出“结婚”这个词。我很担心自己微薄的收入能不能背负起她的人生。

尽管如此，夏娃的粗心大意还是很令我发愁。像我这样初次见面的男人，就能坐上她的汽车后排座，她也太不小心了。如果我突然掏出手枪抵住正在开车的她的太阳穴，怎么办呢？或者抽出裤子上的皮带勒住她的脖子，威胁她“照我说的做”，又怎么办呢？在我们关系比较亲密之后，我就警告过她：“你应该更有危机意识一点儿，遇到潜在的危险不要停留，直接走掉就好了。”然而她只是用天使般的表情回答我：“我要是那种性格的人，也就不会认识你了呀。我是相信人性本善的。这个世界一定不是只有坏人。”

不可否认，我确实被她这种说法吸引了。我的人生就是在受人背叛中度过的，父母、朋友、过去的恋人，无不是将我榨取一空后就下落不明了。正因为我伴随这种事长大，所以尤其觉得夏娃那种如同天真幻想一般的世界观弥足珍贵。我不允许任何人践踏这种想法，并且希望能够守护着她一直纯真下去。

经过熟人介绍，我进了一家三流出版社从事杂志记者的工作，收入变得比以前更少了。即使如此，我还是决定跳槽过去，大概是因为自己一直非常向往出版界吧。我的文章全是遵照上司的意思来写的，如同狗屎一般，然后还要登在狗屎一般的杂志上，但是夏娃每次都会小心翼翼地把印有我文章的那页裁下来，做成剪报集。我们一直都是轮流去彼此的公寓住，直到有一天，我们听说了一些关于伯恩斯坦家的老夫妻去世的传闻。

这个镇上就没有不认识詹姆斯·伯恩斯坦的人。在孤儿院长大的他，连自己双亲长什么样都不记得，十几岁便成了手风琴演奏家，跟随隶属于巡游马戏团的乐队走过了许多地方。某一天，突然出现了一个自称他父亲的人，将他从贫穷的泥沼中拯救出来，还让他继承了一笔巨大的资产。原来他是真真正正的伯恩斯坦家的私生子。后来他娶了美丽的老婆，两个人没有孩子，深居简出于自家宅邸，却广为镇上的人所爱戴。由于他最钟爱音乐和烟草，所以镇上的人都在传他的离世是因长期吸食尼古丁而染上了肺癌。

詹姆斯·伯恩斯坦的病逝已经是一年前的事了。又过了半年后，其夫人也开枪自杀了。大家都认为她是追随先夫而去，除此之外的细节则没有任何报道。

说起来，夏娃与伯恩斯坦家还有些千丝万缕的联系。从大学时代起，她所在的帮助孤儿的志愿者团体就受到了来自伯恩斯坦夫妻的大笔捐款。而她上大学时，也经常与福利院的孩子们一起去伯恩斯坦家拥有的植物园玩。那是一处隐藏于郊外的开阔土地，平时并不对外开放，但允许孤儿以及带领孤儿的大人入园。她好像还被招待参加过宅邸的宴会，同出席的夫妻二人也打过招呼。

“真是两位了不起的人啊，愿意资助志愿者团体可是非常高尚的行为呢。”

“是避税手段啦。通过这种办法就可以免缴税金了，还能装成大善人的样子。”

“就算是那样，也还是值得感激呀，至少对我们来说，光靠餐巾纸的收入可无法维持下去呢。”

她所在的志愿者团体，会与孤儿们一起制作原创品牌的餐巾纸，来搞点儿小本经营。盈利还不足以填补运营费用，倒是剩了不少库存，以至于连我都会经常使用。那之后，我们不时也会聊起这个话题，然而在老夫妻死后，伯恩斯坦家的财产就交给了某个亲戚管理，对志愿者团体的资助也到此为止了。为了这事，夏娃特意去找还在志愿者团体参加活动的朋友商量。她和朋友一起拜访了伯恩斯坦家，希望他们能够如以前一样继续支持志愿者团体。她的行动力的确令人钦佩，然而结果就没有那么美好了。她和朋友还没走进宅邸的大门，就被赶了出来。

然后，故事就是从这里开始的。在机缘巧合之下，夏娃·玛丽·克罗斯听到了一个关于伯恩斯坦夫妻之死的奇异传闻，而契机则是一个看似眼熟的男客人出现在她工作的咖啡厅。那是位高个子老人，包裹在一件不太合身的衣服中。夏娃看到他时，就想起自己在哪里见过这个人。

“您是植物园的管理员吧？”

她向那位老人打招呼道。那人名叫比尔，正是伯恩斯坦家植物园的管理员。而他也恰巧还记得这个带领孤儿到植物园散步的大学生。

“哎呀，好久不见。我记得你好像叫，对了，爱娃·玛丽·森特吧。”

“那是以前的电影女星吧。我是夏娃·玛丽·克罗斯。”

“夏娃，真让人怀念啊，我们有好几年没见啦。”

咖啡厅没有什么客人，店长在白天也总是跑出去喝酒，所以夏娃想跟比尔聊多久就可以聊多久。他们聊了植物园的现状，又聊了志愿者的活动，然后话题就渐渐变成了伯恩斯坦夫人开枪自杀的丑闻。比尔是这样说的：“世人都认为她是因丈夫的死而悲痛欲绝最后追随他去了，其实并非如此。那个人是因为绝望才朝自己脑袋开枪的。”

“什么意思？”

“她在整理遗物时发现了一些东西，是丈夫出轨的证据，而且还没那么简单。”

“到底发现了什么？”

“是人体乐器啊。”

“欸？那是什么？”

夏娃立刻追问下去，比尔却缄口不答。随后有客人进店，夏娃只好去招待客人。比尔点了一杯外带咖啡，接过咖啡后，他朝夏娃挥了挥手，然后便离开了咖啡厅。

听完夏娃·玛丽·克罗斯的话，我在那天晚上失眠了。老夫人在整理遗物时发现的人体乐器到底是什么呢？是某种暗号吧。詹姆斯·伯恩斯坦可是位良好市民，从垃圾处理场到体育馆，到处都是冠以他名字的设施。如果真有那种让人绝望到会举枪自杀的东西，詹姆斯·伯恩斯坦的形象可就要被颠覆了。如果我能查出真相写成报道，一定会受世人瞩目，说不定我就可以从众多的同行竞争者中脱颖而出，告别这家狗屎出版社的狗屎杂志，去更有权威的出版社谋一份差事了。我的野心在不断鼓动我展开行动，眼前就有如此一块肥饵，快点儿扑上去，咬住别松嘴。曝光亡者生前的秘密丑闻是非常下作的行为，然而我无所谓，要是想跟夏娃结婚生子摆脱贫困的生活，我就必须去更好的出版社工作。我下定决心开始调查伯恩斯坦夫妻的死因。

詹姆斯·伯恩斯坦一年前是否真的死于肺癌，为了确认这一点，我决定先去问问他生前的主治医生。我找到了那个医生，偷偷潜入他与情人私会的酒吧拍下了照片。当我给他看过照片，医生苍白着脸，对我的提问可谓知无不言。据他所说，詹姆斯·伯恩斯坦确实是死于肺癌无疑，没有任何他杀或自杀的可能。在他死后，伯恩斯坦夫人很受打击，一直沉湎于悲痛之中，所以听到她开枪自杀的消息时，医生马上就接受了，而他似乎也不知道什么跟遗物有关的黑暗内幕。

“你听过‘人体乐器’这个词吗？”

我干脆直接问问看，结果也还是一无所获。这让我不由得想该不会是管理植物园的比尔编故事骗夏娃的吧。可是为了什么呢？引起夏娃的注意？说起来，记得前阵子有一部电影，讲的就是调查大富豪遗物中某件可疑物品的故事。由于在遗物中发现了少女色情照片和真实虐杀录像，富豪不为人知的变态性癖才被曝光，这样的故事现实中要多少有多少。跟夏娃讲那些话的比尔，有可能是个分不清电影与现实之间界限的家伙。不过，我还是打算继续调查一阵子。

这次的调查对象是伯恩斯坦夫人的死。根据警局公布的记录，她在丈夫去世半年后，用枪抵住头侧扣下了扳机，地点是宅邸的卧室。死者换好了平时所穿的睡衣，躺在床上，砰的一枪命中头部。手枪上只有她的指纹。没有找到遗书，但有不少人都做证说感觉伯恩斯坦夫人死前几天的神情有些奇怪。

“在夫人死前几天，她陆陆续续辞退了很多人，包括在宅邸工作很多年的园艺师和司机，简直像是要把人都清走一样。大家都是毫无预料地就给赶出来了。”

说这话的是伯恩斯坦家的厨娘。我用电视台的名片，顶着别人的名字，打着制作纪录片歌颂詹姆斯·伯恩斯坦丰功伟绩的旗号，联系上了她。

“夫人好像因为什么害怕得浑身发抖。”

“害怕？”

“我感觉是这样的。但是我问她具体什么事的时候，她又只是摇头。”

用人们大多是在夫人自杀之前被辞退的，据说最后留在她身边照顾的只有男管家一人。我也想找这个男人打探一下，然而他在确认了伯恩斯坦家的财产由亲属接管后，便下落不明了，现在没有人知道他在哪里，做着什么。

“我们都称呼他为亚历山大先生，是个非常好的人，对待我们也很温和。”

这边同样没有打听出任何关于詹姆斯·伯恩斯坦遗物中有可疑物品的消息。关于“人体乐器”这个名词也还是一无所知。对她的回答表示过感谢后，我就起身告辞了。她问我节目播出的时间，我随口编了一个搪塞过去。

当然也并非毫无疑点。在丈夫死后，到底是什么事吓得伯恩斯坦夫人浑身发抖呢？如果是唉声叹气，那倒还可以理解，但悲伤和恐惧完全是两回事吧。

我再次查询了警局的资料，其中记载着管家的名字。他正式的名字叫作亚历山大·该隐，是第一个发现伯恩斯坦夫人遗体的人。他听到卧室传来枪声，走进去就看到夫人浑身是血地倒在那里，于是马上报了警，说不定他会知道遗物的详细情况。我立刻开始寻找他的下落，然而毫无头绪。另外，编辑主任盯得太紧，工作还是不能不干，于是我每天白天都要给那家狗屎杂志对付两篇狗屎稿子，晚上则喝着威士忌翻阅伯恩斯坦家的资料。

“要是管家亚历山大先生的话，我也见过他几次。”

某一天，夏娃·玛丽·克罗斯在晚饭餐桌上对我说。她煮的意大利面稍有点儿硬而量又很大，全部吃下去的话我一定会变成个胖子。但她却说着“你还是胖一点儿好”，给我盛了满满一大盘。

“见过那个管家？在哪里？”

“在去植物园玩的时候。”

“宅邸的管家为什么会去那种地方？”

“因为他跟管理员比尔·该隐关系很好。怎么了？你干吗那种表情？”

“你再说一遍管理员的全名？”

“比尔·该隐啊。他跟管家亚历山大·该隐是兄弟，同母异父的。啊不对，好像是同父异母的吧。比尔能在植物园干活，也是亚历山大先生给他安排的。”

这样一说，我就明白了。之前一直很奇怪为什么一个植物园的管理员会知道伯恩斯坦家遗物的事情，现在看来，应该是哥哥亚历山大非常信任弟弟，所以告诉他的吧。第二天，我便出发前往植物园。

- 2 -

听着立体音响播放的音乐，我驱车来到郊外以北的地方，途中经过了一个咖啡店稍事休整，随后驶入了山脚下的森林，从这里开始便进入了植物园的领地。广阔的土地周围连绵着黑色的铁栅栏。既然平时都不对外开放，当然也就没有招牌和售票厅之类的了。

植物园的大门敞开着。我把车留在停车场内，徒步走了进去。园内充满着潮湿的空气，花草树木的味道让人有点儿透不过气。我的头脑中浮现出夏娃领着孤儿们，在植物茂密的小路上欢笑奔跑的场景。碎石子铺成的步道纵横交错着向远处延伸出去，四处散落着雕像。男女雕像的脸上都覆盖着青苔，还有些缺胳膊少腿的整个被草木所吞没。

据夏娃所说，园内有小河流淌，有槲寄生的隧道，有圆顶的玻璃房子，还有玫瑰花墙围成的迷宫。让我惊讶的是，传说这些全都是遵照詹姆斯·伯恩斯坦的个人喜好所建的。

入口附近有一处管理楼样式的混凝土建筑，旁边还有仓库。我去看过了，里面没有人。本打算给比尔·该隐留个字条就走的，但想想机会难得，我决定在园内探查一下。

池塘中漂浮着睡莲。苍翠茂密的树木投下昏暗的影子，在水面上倒映出各式各样黑色、绿色的形状。在树林的另一边可以看到一个半圆形的建筑，那是巨大的玻璃温室。

温室入口有扇玻璃门。我推开门走进去，立刻听到了清晰的音乐声。一片空地将浓绿的植物划分开来。银发的高个子男人坐在木质扶手椅上。他的脚下放着一台唱片机，上面有张黑色的圆盘在旋转。男人听到我的脚步声回过头来，他把叼在嘴里的烟斗拿下来架在烟灰缸上。

“你是谁？”

他嘴里冒出的白烟，伴随着弦乐的音色，在植物的间隙中扩散开来。

“我在找叫比尔·该隐的管理员。”

“我就是比尔·该隐。你是什么人？”

“我不是什么可疑人物，也不是警察，请放心。”

“那真是太好了。”

比尔·该隐耸了耸肩。他用来架烟斗的烟灰缸旁边散落着一些干枯的植物。这个男人抽的是大麻。我敢打赌，一定是他在这座植物园里哪个不引人注意的角落种的。

“真是个打发时间的好地方。不好意思打扰你了。”

“没什么。你也来点儿吧。”

我接过烟斗，把烟吸进肺中。几秒钟后，我便沉浸在一种身体轮廓溶解扩散开来的轻飘飘的感觉中。大麻还是一如既往地温暖、温柔。唱片机里流淌出的音乐声突然大起来，仿佛被我的皮肤吸收进去了一样。

“这东西真不错，让人犹如住在诗人的世界中。说起来，比尔·该隐，我有件事想问你。”

“什么事？”

“是关于詹姆斯·伯恩斯坦的遗物。你说里面有很奇怪的东西是吗？”

“你是夏娃·玛丽·克罗斯的朋友吗？”

“你说的人体乐器到底是什么？”

他沉默下来。我们轮流用烟斗抽着烟，这让我们感觉彼此间有一种格外亲切的氛围。比尔·该隐怪笑着看向温室内的植物。玻璃天井中洒下美丽的阳光。

“之前，那孩子跟我说过，她的恋人是杂志记者。你是打算把这件事写进报道吗？”

“是又怎么样？”

“夏娃是个好孩子，心地很纯洁。”

比尔·该隐眯着眼睛，仿佛在看一样高贵的事物。

“如果你是夏娃的恋人，那我可以告诉你。”

这家伙看来非常喜欢夏娃，所以才决定给我一些优待。温室的空地中有一处喷泉，只是如今已经没有水了。我坐在喷泉池边，听着比尔·该隐的叙述。

“我想你已经知道了，我跟亚历山大是兄弟。他在伯恩斯坦家做管家已经很长时间了，算是个沉默而有条不紊的男人吧。那样的哥哥，有一天竟然会惨白着一张脸跑来植物园找我。我还从没见过他那种样子……哥哥从伯恩斯坦家的高级轿车后座上，拽下来一个两只手才能环抱得过来的木箱，并且把它搬进了仓库。他托我保管一段时间，然后就匆匆忙忙赶回了宅邸。”

“那是什么时候的事？”

“是詹姆斯·伯恩斯坦先生去世半年以后，夫人开枪自杀三天前的晚上。”

放在仓库里的木箱，据说有一个蜷缩的孩子那么大。箱盖被钉子封死了。他问过里面装着什么，可是亚历山大·该隐没有回答。之后就传来了伯恩斯坦夫人自杀的消息。

“那段时间，经常有警察出入宅邸，调查是否有他杀的嫌疑。我哥哥被叫去问了很多话，弄得我也心神不宁，怕会因为这个而惹上麻烦。”

比尔·该隐说着瞥了眼烟斗。他大概是担心警察一旦来植物园调查，就会发现自己在种这种东西吧。在这个州，大麻依然是违禁品。

“正好那个时候，哥哥打电话来，问我仓库里那个木箱还在不在，他想确认一下。我跟他说什么事都没有，他就放下心来。可我却突然对箱子里装着什么在意得不行。这种警察在宅邸出出进进的当口还特意打来电话，该不会是装了什么不能被警察发现的可疑物品吧。老实说，我早就想看看到底是什么东西会让哥哥那么慌张了。犹豫了两个多小时以后，我决定把木箱打开看看。我一个个撬起上面的钉子，打开了箱盖。”

“你看到了吗？”

“嗯。看到了。”

比尔·该隐把烟斗放回了烟灰缸上。他高大的身体在扶手椅上蜷缩向前，脸上带着陷入沉思的表情，如同数学家面对永远也解不开的问题时那样皱紧了眉头。

“我当时就想给警察打电话。在那个瞬间，就觉得大麻什么都无所谓了。我的理性提醒自己，这种事必须报警才行。”

然而打给警察的电话最终还是被他哥哥阻止了。亚历山大·该隐在和弟弟通话之后，就立刻驱车前往植物园，并且刚好在比尔电话接通前赶到，一把抢走了弟弟手中的电话话筒。

“哥哥他不想让伯恩斯坦家的丑闻传出去，所以准备暂时把箱子放在植物园的仓库里保管一下，等那边的事情料理好，就把它烧成灰烬。相比之下，开枪自杀的夫人还更像个人一点儿。亲眼见过那种东西，却反而打算维护那个家族的名誉，这样的哥哥真是管家楷模。本来他好像是连我这个弟弟都不准备告诉的，但既然我已经把盖子打开，他也就不得不说了。”

“别卖关子了。里面到底装了什么？”

“一架手风琴。”

“手风琴？”

“那就是遗物的真相。其他还有一些恐怖的照片、唱片和马戏团传单什么的，但最重要的还是那个乐器。”

比尔告诉了我，他哥哥和伯恩斯坦夫人发现这东西的原委。丈夫患肺癌离世后，伯恩斯坦夫人感觉自己也不能这样一直哀叹下去，于是开始整理先夫留下的大量遗物，然后没多久，就发现了那个。詹姆斯·伯恩斯坦的书房里有个密室，而那间密室之内还有一个隐蔽的空间，他们发现里侧的板子是可以拆下来的。里面的大小刚好够存放一些物品，都是些有关个人兴趣爱好的收藏品，比如那些仿佛凝聚了世间所有丑恶的照片和各种随便一件都能证明詹姆斯·伯恩斯坦变态本性的东西。在这些物品的包围之中，还挂着一架奇异的手风琴，那是用人骨和木质零件组合而成的，风箱的部分糊着一块怎么看都像人类皮肤的东西。整体风格如同古董家具一样上档次，但细看之下，会发现装饰物中镶嵌着人类的牙齿。亚历山大·该隐将那些东西全部装进木箱运了出来。然而就在他打算将其处理掉时，发生了夫人开枪自杀的事，而自己的弟弟又擅自打开箱盖看到了里面的东西。我不禁摇了摇头。

“太难以置信了。真的有那种东西吗？该不会是你的幻觉吧？”

“那是真实存在的。我亲手摸过，还抱起来试了试。说也奇怪，竟然还带着温度，仿佛有血液流通一样，非常柔软，抱在怀里简直就像搂着一个蜷缩成一团的孩子，感觉真是太诡异了。”

“你怎么能肯定手风琴上糊的那张是人皮呢？也有可能是猪皮啊？

“如果是保存了很多年的东西，应该已经干得像木乃伊一样才对啊。”

“说得没错。可是，不知为什么，我总感觉那架手风琴是活的，仿佛是一个外形变成了乐器却依然勉强活着的人。窥视手风琴内部的时候，感觉就好像在看生物的腹腔一般。”

听这些话的时候，我一直在等待，等着眼前这个男人突然耸耸肩说“骗你的啦”的那个瞬间。然而，他只是带着脸上那些深深的皱纹，渐渐沉默下来。烟斗依然架在烟灰缸上，笔直的烟柱从里面飘上来。温室中的植物们都在静静听着唱片机里的古典音乐。

“我说，能不能说清楚些，从哪里到哪里是你编的？”

植物园的管理员伸出一根食指，止住了我的话头。

“安静些。你听听这个音乐。”

我们一起将视线投向旋转的黑胶唱片。喇叭中流淌出的弦乐音色突然间混入了一丝人类的呻吟声。

“这个唱片是？”

“是我从老爷的遗物中偷出来的，里面收录的应该是一场人体乐器的音乐会。虽然这是我的想象，但总觉得演奏这首曲子的乐器，也是用人体器官做成的。而且，并不是一件死物，而是活生生存在的。乐器们在演奏的过程中，偶尔还会发出声音呢。就像刚才那样，乐器在一个瞬间醒来，明白了自己的处境，在恐怖和快乐中扭曲着身体发出了声音。”

他又吸起了大麻，表情逐渐松弛下来，看起来柔和了一些，还有口水顺着嘴角流下来。

“那架手风琴后来怎么样了？”

“被我哥哥处理掉了，浇上汽油后点了火。热空气穿过乐器内部，发出了惨叫似的声音。焚烧后的灰烬中仍然可以看到骨头，哥哥将那些收集起来后就消失了。也许他把那些扔进大海里了吧。哥哥再也不会回这座镇子了。我有这种感觉。”

“只烧了手风琴吗？”

“所有对伯恩斯坦家来说不光彩的东西都烧了，不过也还是有些留下来了。像那个木箱，还有摔碎的黑胶唱片，应该还放在仓库里。”

“我可以看看吗？”

“随你便。不过，给你个忠告，最好不要陷得太深。”

“我会留神的。”

我把比尔·该隐留在半圆形的玻璃温室内，自己一个人走了出来。穿过植物包围的小路，我走进了玫瑰迷宫中。好不容易找到出口后，我终于来到了与管理楼排列在一起的仓库。啪嗒一声按下开关，点亮的白炽灯赶走了黑暗，眼前都是一些农耕用具和堆积在一起的肥料。

角落里有个木箱。亚历山大·该隐应该就是用它把遗物运来这里的吧。木箱大小跟比尔·该隐说的差不多，能放进车后座里，也够一个男人扛着来回搬运。

我朝里面看了看，箱子中塞着大量的锯末。为了确认里面还有没有残留下的东西，我只好把手伸进去翻找。在箱子底部，我找到了一些唱片碎片，同时感觉手指好像缠上了什么东西，拿起来仔细一看，是黑色的毛发。我立刻想起比尔·该隐所说的，糊手风琴的皮子上有一部分还长着黑色的头发，心中一阵恶心，连忙把那些毛发扯了下去。

我站起身，抬脚把木箱踹翻过去，箱子里的锯末全部撒在地板上。锯末当中有什么东西在白炽灯的照射下闪闪发光，原来是个四角形的薄镜框，闪光的是盖在上面的玻璃。镜框里装的只是一张马戏团的传单，样式跟内容都很普通。大约也是拜这一点所赐，才没有被焚毁吧。那我就收下了。我打开相框，准备把传单拿出来，这时才发现里面的夹板有两层，一个信封掉落在我脚边，它之前应该是夹在两侧夹板中间的吧。詹姆斯·伯恩斯坦并不是留着这张传单做装饰，而是为了隐藏相框中的这个信封。

信封口上如同中世纪一般被熔化的蜡封着，也就是常说的火漆，颜色是血一般的鲜红色。我拿出里面的信纸看了起来。上面用流畅的笔迹写着“致亲爱的詹姆斯·伯恩斯坦先生”。

那是一张音乐会的招待券，上面画了去往举办地点的详细地图，却没有看到时间。信纸已经泛黄，看起来非常古老，我猜音乐会一定已经结束了，于是将其装进上衣内侧口袋，离开了植物园。

- 3 -

自从在植物园与比尔·该隐交谈过之后，我就做起了噩梦。梦中的天空被什么东西覆盖，血雨从天而降。我委身于这样的城市角落中，被巨大的失落感淹没、击垮，寸步难行。即使在床上醒来，噩梦中的感觉也依然挥之不去。我急忙拉开窗帘，望着窗外的天空，才感觉终于松了口气。

夏娃·玛丽·克罗斯来我住的地方找我，立刻发现我脸色很不好，并为此忧心不已。偏偏这时候赶上房东来催缴房租，我说现在手上没钱，然后就准备打发他回去。可是夏娃却从自己的钱包中掏出了几张纸币交给房东。

“这些够了吗？”

房东拿到钱总算肯离开了，却还要在临走前瞥我一眼，眼神仿佛在谴责我这个连房租都要恋人来付的没出息的男人。我咂了咂嘴，心中大骂这种破房子我早就不想住下去了，然而我连搬家的经费都没有。

夏娃陪我到公园散步，我们在长椅上坐下来，一起看着眼前跟狗嬉戏的小孩子。

我对夏娃说：“我到植物园跟比尔·该隐聊过了。真是个有趣的男人啊！”

“能告诉我你们都聊了什么吗？”

“一些分不清是现实还是梦的东西，还有伯恩斯坦夫妻的事，也许都是他编的吧。”

“那么，这次的取材就算结束了吧。下次休息时我们去游乐园玩吧。”

“好啊。不过在那之前，我还有点儿事要调查一下。”

她走以后就剩我一个人待在屋子里，于是我拿出从植物园的仓库中拿到的信封，再次看起来。“致亲爱的詹姆斯·伯恩斯坦先生”。到底是谁送来的这封信呢？看起来只是张音乐会的招待券，但既然被藏进了密室中，那就一定不是普通的音乐会。我想起了比尔·该隐所说的人体乐器。该不会真有那种事吧，我将信将疑地摇了摇头。

我用放大镜仔细观察了一下粘在信封上的火漆。值得庆幸的是，火漆并没有被破坏，还是可以辨认出上面烙印的徽章。一般在封印这种火漆的时候，使用的都是代表寄信人家族的徽章。为了方便调查，我将那枚徽章拓印下来。突然间，我觉得火漆上的徽章非常眼熟，可是却怎么也想不起来在哪里见过。最后只能归结为那是某个企业的公司标志，而我应该是在无意中见到过他家的招牌。

那么接下来该怎么办呢？我很想去一趟伯恩斯坦夫妻居住的宅邸，看看那个藏着各种小爱好的密室，然而恐怕对方是不会搭理我这种无名小卒的，一定连门都不让我进。于是我决定去招待券上记载着的举办音乐会的地方看看。我想向居住在那周围的人打听看看，问问他们以前这里有没有举办过什么音乐会，说不定会有些收获。哪怕是让我见识一下那个场所是什么样的，也能帮助我联想一下送出这封信的到底是个怎样的人。或者说不定，还能找到使用火漆上的徽章作为家徽的家族。

我在地图上找到了音乐会地址所在的镇子，距离这里开车大约三天的路程。我跟夏娃·玛丽·克罗斯打过招呼让她帮我看家，然后便赶往自己就职的那家狗屎出版社的狗屎编辑部。找到编辑主任后，我跟他说自己正在写一篇关于詹姆斯·伯恩斯坦丑闻的报道，希望能从他那里预支一部分取材费用，然而他给我的回答却是NO。

“你真以为我会付钱给你这种三流垃圾记者吗？反正不过又是些捏造出来的假新闻而已。”

“我没法说得太细，不过这可是惊天猛料。行啊，你要是不肯给钱的话，我就去找其他大出版社了。再见了，就算到世界末日也不想再看见你了。”

编辑主任啧了一声，从口袋中掏出几张皱皱巴巴的纸币朝我扔过来。

“要是最后你什么都拿不出来，我就再也不会用你的报道了，而且我会让你在业界身败名裂，到时候谁也不会要你的。”

“那可真是承蒙夸奖了。不用再看着你的脸真是天大的好事。”

我将纸币悉数捡起，对着编辑主任的背影比了个中指。这下就真的没有回头路了。我驾驶着停在出版社地下停车场中的汽车，踩下油门，旋转的轮胎摩擦着地面，腾起一阵烟雾。驶离小镇，我沿着荒芜的小道一路向北。

行进中，太阳逐渐西沉。我在路边找了间便宜的小旅馆住下，又去附近的餐厅随便吃了点儿三明治。第二天还是继续赶路，中途时不时停下来看看地图。那个寄给詹姆斯·伯恩斯坦的信封上写着的地址，在一个临近湖边的镇上。我用手指沿着地图上的道路捋下来，想确认自己离那边还有多远。

第三天，车开上了山路，道路两旁排列着针叶树林，阳光被树木遮挡而显得有些昏暗。翻过山顶，驶入下坡路后，车窗外的景色突然腾起了雾气。车在一片白茫茫中开了没多久，便到达了湖边的小镇。信封上的地址就在附近。

沿湖边林立着一些租船店和野营帐篷。我一面比对地图，一面寻找举办过音乐会的地方。我猜想着那种地方应该会有能够承办音乐会的设施，室内音乐场馆、歌剧院之类，或者是供业余乐队演出的餐厅，总归是类似的场所，然而这边一样都没有，充其量就是个只有飘着雾气的湖面和布满针叶树的萧条乡间。也可能在寄那张招待券给詹姆斯·伯恩斯坦时有过这种建筑，只是现在已经被彻底夷平不留半点儿痕迹了。

我在湖畔看到了一家餐厅的招牌，于是在那附近的停车场下了车。餐厅旁边有个木质秋千，一个不到十岁的小女孩在边上跟自己的洋娃娃玩过家家。店内有几位老人，男男女女都在抽着烟聊天。我来到柜台前，跟脸色差到犹如死人的女店员点了一份三明治。

“说起来想跟您打听件事。听说以前在这附近举办过音乐会是吗？祖父生前跟我说起过这个小镇。我也是突然想起来的。”

我尽量假装随意地跟店员搭话，也用同样的方式问了周围的老人们，却没有发现任何有价值的情报。我还问了招待券上的地址，但大家都说那里除了一大片针叶林以外什么都没有。最后我只好向店员和老人们解释说，可能是祖父把这里跟其他小镇弄混了。

吃过熏肉鸡蛋三明治以后，我离开了这家餐厅。站在停车场上，抽着烟看着飘雾的湖面，旁边传来一个小女孩的声音，是刚才抱着娃娃玩过家家的小孩。她的眼睛和头发都是黑色的，脸颊上布满了星星点点的雀斑。

她怀里抱着娃娃，抬头仰望我说："我听到你在店里说的话了。不可以去那里噢。"

"为什么呢？"

我把烟头扔在地上，用鞋底踩灭。

"叔叔你刚才说了音乐会的事吧？那个地方有很多可怕的人出出进进，不能接近那里噢，是我的曾祖母告诉我的。"

"你的曾祖母还说过什么？你记得吗？"

"她说一到晚上森林深处就会举办演奏会。"

"谁办的？"

"'他们'噢。曾祖母说'他们'看起来像人，但应该不是人。"

"是像外星人一样吗？"

"不知道，大概是吧。"

这也许是大人们为了防止小孩跑去针叶林迷了路而特别编的故事。我正跟小女孩说着话，一脸死人相的女店员走出来站在入口处，抱紧双臂盯着我看。小女孩立刻停住话头，向她跑去。我点着了第二支烟。

我住进了镇外的汽车旅馆，用公用电话给夏娃·玛丽·克罗斯打了过去。她今天依然是在咖啡厅上班，带着跟往常一样的表情招呼客人。

"你那边呢？这一天过得怎么样？"

"吃到了很好吃的三明治。说起来前阵子，我跟那个可恶的编辑主任大吵了一架，他说我要是没有结果就不用回去上班了，看来我在出版界已经没有立足之地了。"

"那样的话我们就搬到乡下去吧。买一间小农场，轻松悠闲地过日子。”

我把留宿的汽车旅馆名字和电话号码都给了她，跟她说如果有事找我就跟这边联系。汽车旅馆的陈设相当老旧，就连想洗个澡，都只有带着铁锈色的水可用。我小睡了一会儿，醒来时已经是晚上了。窗外可以看到汽车旅馆招牌上的霓虹灯在黑夜中闪着光。我穿好外套钻进了车里。

那位不知名的少女告诫我不要去，可我还是决定驱车前往招待券上的那个地址。夜里的雾更浓了，在车灯的照耀下，我驾着车沿着湖边的道路摸索前行。就凭我带的旅费，在这边可住不了几天。调查的时间是有限的，只好连夜探索这座小镇。而且，按照那孩子的曾祖母所说，那里也只有在晚上才会举办演奏会，说不定能趁着夜色找到个亮着灯的小店什么的。

浓雾缠绕着车身，让我感觉自己像包裹在奶白色厚毛毯中的婴儿。在我参考着地图谨慎行进时，发现了一条白天没有注意到的小道，这条岔路正是通往针叶林深处的。看来招待券上的地址就在这条路的尽头。没有任何铺装的道路宽度倒是足够汽车通行，我也就放下心掉转了方向盘，向着针叶林深处驶去。

穿过一座横跨河面的小桥后，路面发生了变化，不是沥青路面，而是古老的石板路，沿路还排列着街灯。这样的针叶林深处居然还有亮着街灯的地方，这已经足够奇怪了，然而那些用来照明的还不是电灯，而是以前的煤气灯。点点的火焰之光一直延伸向浓雾深处。

笔直的投影在前方突然向上折起，眼前出现了一堵砖砌的围墙。我停下车，想试试看能不能爬上墙去一窥墙内的世界，然而砖墙上面竖立着铸铁的枪尖状防护，想翻过去的话一定会被插成串烧的。好在砖墙本身并不是很高，我于是跳上车顶，一瞬间，墙内的景色尽收眼底，像是有钱人的豪宅一般的比詹姆斯·伯恩斯坦的宅邸都不差的大房子，浓雾环绕下它的剪影仿佛浮在空中，数不清的亮着灯的窗子横竖排列着，感觉能看到室内有人走来走去。

当我在车顶跳来跳去的时候，突然传来一阵马的嘶鸣声和车轮声。不容我多想，一辆巨大的马车穿过浓雾，从我的车旁通过，并不是农民用来运货的那种，而是中世纪的贵族们最喜欢坐的那种马车。在这个时间这种地方居然会遇到马车，真是想都不敢想。这种马车也只有在观光胜地才能看见吧。

我坐回车里，朝着马车行驶的方向开去。雾气不知不觉间淡了一些，感觉路比刚才要好走得多。围墙的中间有扇大门，刚才的马车就停在门前。我也在稍远的位置停车观察。

大门两侧各站了一个男人，脸上都戴着奇怪的银色面具。一个穿礼服长裙的女人从马上走下来，她身材肥胖，脸上戴着那种化装舞会用的蝴蝶形眼镜。女人取出了一个信封状的东西，交给戴假面的男人们看了看。男人们立刻打开大门，放那个女人的马车进入领地内部。因为离得太远我不能肯定，但那女人交给他们的信封看起来跟詹姆斯·伯恩斯坦保留的那张音乐会招待券非常相似。

那么，怎么办呢？我坐在驾驶座上问自己。是离开这里，回汽车旅馆去休息吗？还是应该走到那扇大门附近，试试看能从戴面具的男人那里问出什么呢？比如这到底是什么地方，出入的都是些什么人，这里到底在举办什么，等等。当然，这才是我应该干的事。我下了车往大门那边走去。一共两个戴面具的男人，也不知道看见我没有，始终直挺挺地站着一动不动。我走到他们面前细看那副银色的面具，好像鸽子的脸一样。

我抬起一只手向他们打招呼道："你们的面具是在哪里买的？看起来挺不错的嘛。"

两人毫无反应。

"开玩笑的。有点儿事想问问你们。这里是什么地方？今天晚上有什么活动吗？是音乐会吗？"

我探头向门内望去。广场上停着好几辆马车，还有几辆经典款的古董轿车。想着再看清楚些，我不知不觉走得离门太近了。突然间，两个男人中的一个抓起我的手腕向后拧去。剧烈的疼痛让我一时喘不上气来。"投降！我投降！"我大喊着，但那男人不见一丝通融，手上的力道也没有减少半分。就在感觉手腕的筋都要被拧断了时，一个信封从我的口袋里掉了出来，正是詹姆斯·伯恩斯坦遗物中的招待券。另一个男人走上前将信封捡起，打开了里面的信纸。

"拜托了，请停下吧！真的要断了！我可报警了啊！"

突然，手腕被松开了。他们将手贴在胸口上，好像是在向我道歉。信封也还给了我，并且打出请我通行的手势，看来是他们两个误会了，把我当成了拥有这张招待券的大富豪詹姆斯·伯恩斯坦。

- 4 -

詹姆斯·伯恩斯坦是什么时候得到这张招待券的呢？从信纸泛黄

的程度来看，应该是很久之前的事了。但是现在还能凭着这张招待券进门，就是说他拥有的是没有期限、可以反复使用的权利吧。

离近了看，这座房子说是贵族的城堡也不为过。玄关处同样站着戴面具的男人，我把詹姆斯·伯恩斯坦的招待券给他看过后，厚重的大门便打开了。明亮的灯光从室内倾斜出来，一直涌到门口。在入口处有人为我递上了黑色的外套和面具。面具是银色的，做成了一张哭泣的人脸的样子。看来这里是要着正装的。对我来说这样刚好，能够把脸和衣服都藏起来，不会轻易被人发现我是冒名顶替詹姆斯·伯恩斯坦来的，也就不会被赶出去了。我用外套包住身体，也把面具戴到了脸上。一进到屋内，浓烈的香气便扑面而来。

呛得人喘不过气的焚香，盘旋着升上了如同教堂一般高耸的天井。鼻腔内完全被这种香味塞满，就算附近放着腐败的尸体，恐怕我也闻不出来。墙上挂着一排排烛台，蜡烛光照出来的人影如梦似幻。客人们全都穿戴着面具和黑色外套。只不过每张面具的设计都不尽相同，有的是笑脸，有的是怒容，有的像是大象的脑袋，有的则是狮子的头颅，有的仿佛出自过气艺术家之手一般怪诞，有的上面绣着五彩斑斓的蝴蝶……

我伸长耳朵想听清那些客人的低语，却发现尽是些闻所未闻的语言。众人被款待以深红色的葡萄酒。只有在嘴唇贴近杯沿的时候，客人们的面具才会稍微掀起来少许，露出下巴附近的一小块脸。有人的嘴唇涂成青紫色，也有人涂成一片雪白。我还看到了聚在一起的贵妇们。她们没有戴面具，而是用黑布遮住了脸，布上绣着无数金色和银色的眼睛。

这些到底是什么人呢？詹姆斯·伯恩斯坦也是这个秘密俱乐部的一员吗？我一边观察着这些客人，一边朝屋子深处走去。为了回去后有东西可写，我得好好见识一下才行。必须在这里找到能够揭露詹姆斯·伯恩斯坦丑闻的确凿证据。大富豪连妻子都没有告诉过的另一面人生，就藏在这间大屋中。

宫殿般的奢华房间一个连着一个。墙上装饰的油画画框和屋子里摆放的沙发上都带有哥特风格的装饰。我一边走一边全神贯注地观察这些东西，以至于一不留神撞到了一个戴山羊面具的男人。

“抱歉。”

“不用介意，请小心脚下。”

他是用熟悉的英语回答我的，声音犹如国家电台的播音员一般沉稳。应该是个上了年纪的人吧，他的声音给我这种印象。黑色外套包裹着他消瘦的身体，看起来比我还要更高些。我试着跟他搭话。

“真是个美妙的夜晚啊！”

“可不是吗？”

能够遇到一位懂英语的客人实在太幸运了。我很想通过他查清这个秘密俱乐部的内幕，但同时也要小心不能说错话，否则自己闯入者的身份就要暴露了。

“来这边的时候，我不小心迷路了。”

“幸亏您及时赶到了。毕竟演奏一旦开始，就不允许再出入会场了。”

说话间我留心观察着戴山羊面具的男人，想看看有没有能透露他身份的细节。拜我脸上的哭泣面具所赐，别人完全看不到我眼睛在动，恐怕也感觉不到我在上下左右地打量他。从他脖子上的皮肤能够判断出对方是个白人，银色的头发，耳后有一颗痣。

“好啦，就快要开始了，我们也前往会场吧。”

戴山羊面具的男人看了眼墙上巨大的摆钟，然后说道。其他客人也纷纷向屋子深处走去。我混在人流中跟着移动，来到了一处剧院门厅似的场所。我在众多入口之中选了离自己最近的一个，由那里进入内部。音乐演奏会场内已经有很多人在等着了。前方的舞台上垂着绸缎的帷幕。没有座位，所有人都是站着的，就连二层也站满了戴假面的人，正俯视着舞台。

天井上垂挂着车轮形状的大吊灯，上面点着一排排蜡烛，映照在人们的面具上，仿佛一张张面具从黑暗中浮出来了一样。出入口的门慢慢关闭之后，人们也止住了交谈，四周一片异样的寂静。

帷幕慢慢升起，原来乐团已经站在那后面等待着了。多么奇异的乐团。我甚至都没能在第一时间意识到他们手中拿的是乐器。直到定睛细看，才明白过来它们各自具有的演奏功能。

我强忍住内心的震撼，控制着自己不要叫出声来。偷偷看看周围，没有一个人对此感到惊讶。所有人都保持直立不动的姿势盯着舞台。

焚香发出的甜腻气味充斥着整个礼堂，让我不由得想起那些熟透腐烂的水果。烟雾缭绕之中，一个手持指挥棒的男人现身出来朝观众鞠躬行礼。他脸上戴着金色的假面。随着他挥动指挥棒，音乐响起了。

低音鼓第一个被敲响，仿佛乌云笼罩天空一般令人不安的低沉声音。那是两面绷着皮子的太鼓。放置太鼓的基座是白色的椭圆形。仔细看的话会发现那是两具人骨。绷在太鼓上的皮子，像是人类的皮肤。演奏者用木槌敲打着皮肤上腹部的位置，一次又一次，仿佛故意要使其承受痛苦似的。

管乐器的音色在低音鼓的对面响起，仿佛众神的光辉穿过乌云照射在大地上。管乐器大大小小有很多种，有的是用骨头组合而成，然后加上金属固定。演奏者们只在脸的上半部戴了面具，以便他们的嘴唇可以抵住乐器向里面吹气。空气在乐器内部奏响了不同的音色。其中最吸引我的，是一件人头陶笛。演奏者充满爱意地抱着陶笛吹气。那音色时而惹人怜爱，时而忧愁烦恼，仿佛是陶笛，正在与演奏自己的人交谈一般。

弦乐器的音色给音乐带来了命运般的色彩。我被其中发出提琴音色的乐器所吸引。听着提琴的演奏，心脏仿佛被什么抓挠着一样，有种想要发狂的感觉。这个声音我在哪里听过。没错，就是植物园的温室中，比尔·该隐吸着大麻听的那张唱片。

奇异乐团的演奏到底进行了多长时间，我实在无法准确把握，就如同梦中的人生，恒久亦是一瞬。醒悟过来时，我仍然入迷般地看着这场噩梦般的演奏会。恐惧心已经被麻痹，在音乐接近尾声的时候，我甚至涌起了一种依依不舍的情绪。最后的音符自会场中消失，寂静之后，戴面具的观众鼓起掌来。站在我旁边的山羊面具男贴近我耳边说："真是一场精彩绝伦的演奏。"

"是啊，毫无疑问。"

帷幕又落下，恐怖的人体乐器与演奏者一起消失在另一边的黑暗中。掌声络绎不绝。嘈杂中戴山羊面具的男人对我说："那么我们走吧。已经为您准备好了特别的房间。詹姆斯·伯恩斯坦先生。"

我拍手的动作停了下来。那家伙改口重说道："不，你不是他。对于使用别人的招待券冒名顶替偷溜进来的人，一定要进行处罚。”

“你什么意思？”

我做了什么暴露自己入侵者身份的事情吗？那家伙没有回答，而是直接伸过手来，一把扯掉了我脸上的哭脸面具。周围的观众一齐回头望着暴露了本来面目的我。

继续留在这里太危险了。我决定逃跑，扒拉开几个裹着外套的人，向会场外面跑去。我在奢华的房间里飞奔，寻找着出口，沿路不断撞上其他客人，每次那些戴假面的脸都会盯着我看。感觉戴山羊假面的男人并没有追过来，然而有入侵者的警报已经传开。当我终于磕磕绊绊来到了距离玄关几步之遥的地方，还是被那些戴面具的男人抓住了。

我无法判断自己身处在什么样的房间里，因为头上蒙着黑布，身体也被绑在椅子上，动弹不得。负责审问我的是那个戴山羊假面的男人。虽然看不到，但凭说话的声音我也能认出他。我像得了过度呼吸症一般大口地喘着气，套在头上的布随着呼气一下下鼓起来。

“房子的主人心地非常宽厚。他说，只要你答应我们的条件，就可以放了你。但是如果你拒绝的话，就会尝到无法想象的痛苦，求死不得的永远的痛苦。”

我问他是什么条件，但声音颤抖得几乎说不清话，胃液翻涌导致我呕吐出来，布料的内侧沾满了呕吐物，那些东西涌出喉咙从胸口一直流到腹部。戴山羊面具的男人却毫不介意。

“只要你肯奉献自己的爱。我们不会做什么坏事的。答应这个条件，很快你就轻松了。”

到底是什么意思？奉献自己的爱？总之我为了逃离那个恐怖的地方，还是答应了。在宣读过一份契约书似的东西后，蒙着头套的我被人划破了食指，用流出的鲜血签下了名字。契约成立。随后我便失去了意识，不知是自己晕过去了，还是被什么力量催眠了。

再次醒来的时候，我坐在汽车的驾驶座上，刚刚好像是脸贴着方向盘睡着了，那上面还留着我的口水。清凉的晨光穿过针叶树林，透过风挡玻璃照在我的脸上。真是一场奇怪的梦。汽车周围只能看到树木，没有任何宅邸的围墙或者石板路存在。想到那些都是梦，我安下心来伸了个懒腰，紧接着就咳嗽起来。车内充满了令人不快的气味，似乎是胃液的味道。仔细一看，我的衣服上从前胸到小腹都沾满了呕吐物。

我发动引擎驱车前行，按照昨晚的记忆，应该有座桥能穿过针叶林中的河流，然而我怎么也找不到那座桥，最后只能开上沿湖公路逃离了出去。一想到脚下的土地依然连接着昨晚的世界就让我恶心，然而总算回到汽车旅店了。旅店的主人接待我时还是跟昨天一样的态度。我将留在房间里的行李拿上车，头也不回地驶离了小镇，只恨不能逃得更快一些。

在蜿蜒崎岖的山路上行驶时，我扪心自问。那真的是现实吗？巨大的房子，里面的人们，被演奏着的人体乐器，那些真的不是我睡着时做的梦吗？如果不是，又为什么会放了我呢？

刚过山道之后有个小村子，我在那边借了公用电话想打给夏娃·玛丽·克罗斯，然而她没有接电话。我连续一整晚都在往自己居住的城里赶，每当进入沿途的休息区，我就会试着给她打电话，却一直没能听到夏娃的声音。也许是她工作太忙没有回家吧。我丝毫不会怀疑她有别的男人，很不可思议，我就是这样完全地相信着她。

大概只有听到她的声音，我才能真正安下心来。由于过度疲劳驾驶，我的意识已经开始模糊了。我尝试了在各种时间段打电话给她，却依然联络不上，最后只能打到她上班的咖啡厅。我拿着休息站的公用电话话筒哀求似的拜托说，自己是在那边工作的夏娃·玛丽·克罗斯的朋友，能不能请她接下电话，然而她也不在咖啡厅。接电话的店员说，他们那里工作的人中没有我说的那个女人。也许她是有什么急事突然辞职了吧。但是对方回答，那边根本没有夏娃·玛丽·克罗斯这个人的雇用记录。我觉得这根本不可能，于是不肯罢休地追问，对面却挂断了电话，而且再也打不通了。

-5-

我已经寻找夏娃·玛丽·克罗斯很多年了。我四处奔走搜集着所有跟她去向有关的消息，然而却一无所获。她既不是被人诱拐，也不是离家出走自己躲了起来，而是一种连存在过的痕迹都被彻底抹消了的状态。与她有来往的人都被从大脑中消除了关于她的记忆。我去过她住的地方，也是空空如也。原本放在我家中的她的衣物也找不到了。我也去了她的老家，以前见过她的父母很多次了，现在两人却都说是第一次见到我。问起他们女儿的事，她妈妈声称从来没有生过孩子，她爸爸也是一样。她小时候住的房间变成了储藏室。我不顾两人阻止翻找着家中所有的家具，想从中找出她在此度过了孩童时代的证据，然后我就被他们叫来的警察带走了。

狗屎编辑主任到处散播我的坏话，搞得我在出版界已经混不下去了。为了生活费，我只好什么脏活都干。工作的间隙，我会在街上到处闲逛，寻找着夏娃·玛丽·克罗斯的身影。每次见到背影与她相似的女人，我都会追上去叫住对方，但那永远都不是她。

我也常去她工作的咖啡厅，点一杯咖啡，坐在窗边的位子上，看着她以前经常站着的地方。一天，我照旧在咖啡厅里坐着，突然一位眼熟的女人走了进来。那是夏娃大学时代的朋友，也是跟她一起参加帮助孤儿的志愿者团体的人。我走过去试着跟她搭话。从她看着我的惊讶眼神判断，她一定把我当成了初次相见的陌生人，但其实我陪着夏娃跟她一起吃过好几次饭了。

“您是在志愿者团体工作的吧？曾经在街角发过传单的？我记得，对了，好像是帮助孤儿的工作吧？”

这么一说，她的表情便开朗起来。我听夏娃说过她们志愿者团体的工作内容和课题等，也是利用这个话题解除了她的戒备心。我们喝着咖啡，聊起了天。在她抱怨伯恩斯坦家断绝了经济援助时，我也随声附和，这让她很快把我当成了自己人。

“你知道一位叫夏娃·玛丽·克罗斯的女人吗？她好像也是在志愿者团体帮忙的……”

见时机成熟，我试着问她，但是她果然也不记得有这样的人存在了。对这样的回答，我早有心理准备，所以并没有多么失落。我点点头，举起咖啡正要喝一口，谁知手上一滑，碰倒了杯子。正在我因为没带手绢而不知所措的时候，她从包中拿出了餐巾纸递给我。

“请用这个吧，是我们志愿者团体原创的产品，大家一起做的。本打算用收入充当运营费的，但其实卖得并没有那么好。”

一股思念之情油然而生。夏娃也曾经拿回这样的东西，让我用了好长时间。我拿起一张擦拭桌上的咖啡时，突然看到了餐巾纸上的标志。

“这个是？”

我指着那个标志问。

“是我们志愿者团体的标志。有什么问题吗？”

“这个标志是詹姆斯·伯恩斯坦设计的吗？”

“我记得应该是吧。”

我在别的地方看到过这个标志，是詹姆斯·伯恩斯坦的遗物之一——那张音乐会的招待券上红色封口火漆上的那个徽章。当时我就感觉那个徽章非常眼熟，原来它是志愿者团体的标志。

这件事意味着什么呢？那个奇异的乐团所发出的音乐会招待券，与帮助孤儿的志愿者团体之间，有着什么样的联系吗？

我对帮助孤儿的志愿者团体进行了调查。结果发现，通过志愿者团体的介绍而被人收养的孤儿中有很大比例下落不明。我按照资料里的记录走访了那些孩子的住址，却发现那里根本没有什么温暖的家，甚至连个家都没有。去警察局一问，资料里记录着他们已经搬家了，但是等我赶到他们搬去的新住址，那边却也是同样的结果。最后我只能在警局间来来回回，永远也找不到孩子们现在的居所。

而且我还发现了一张照片。那是报道詹姆斯·伯恩斯坦视察孤儿院的新闻中，随文字刊登的照片。照片上的他被举着鲜花和礼物的孩子们包围着。然而问题在于站在他身后的老绅士，那应该是管家亚历山大·该隐，五官的感觉与植物园的管理员比尔·该隐非常像，但又感觉比比尔要聪明得多。黑白照片不好判断颜色，但他应该是银发。我用放大镜仔细看了那张照片，在他的耳朵后面找到了一颗如同墨水印记般的痣。不，那不是痣。那一定是墨水印。绝对没错。然而我依然莫名地感到了无边的恐惧，从那以后就停止了调查。

我在人体乐器的演奏会上遇到的那个戴山羊假面的男人，是亚历山大·该隐的可能性有多大呢？失踪的孤儿实际上是被做成了那种乐器的可能性又有多大呢？大富豪能够拿到那张写着“致亲爱的詹姆斯·伯恩斯坦先生”的招待券，会不会是因为他为制作乐器提供了必需的材料呢？该死的詹姆斯·伯恩斯坦。夏娃·玛丽·克罗斯和她的朋友们，明明是为了让那些孩子获得幸福才组建起的志愿者团体。他不知道那些听说自己能被收养的孩子，脸上洋溢着怎样期待、不安以及喜悦的表情吗？夏娃可是一直在为了那些孩子能够获得永远的幸福而祈祷呢。该死！

亚历山大·该隐不是在处理了詹姆斯·伯恩斯坦的遗物后就消失了吗？还是说他弟弟比尔·该隐明明知情却对我说了谎？如果是那样，他或许已经发现我从遗物中偷走了招待券。而我要潜入音乐会现场的事，他说不定也事先告诉过自己的哥哥了。戴山羊面具的男人，从一开始就知道我是入侵者。他在听说我会去那里之后，就布好了局等着我。还是说，这些是我想多了。如果查看一下其他有银发管家照片的报纸，也许就会发现根本没有耳后那颗痣，那本来就是墨水印。但是，我并没有那么做。已经够了，真的已经够了……

每天晚上，我都会喝酒，一旦思考陷入迷宫，为了不陷得更深，我会抽着烟听听音乐。说到这儿，我后来还是去见了比尔·该隐，希望能够从他那里问出实情，然而他并不在。植物园已经是半荒废状态，半圆形温室的玻璃也有很多块碎掉了，似乎是管理伯恩斯坦家资产的人决定关闭这里。过不了多久，这片土地就会被卖掉吧。植物们在缺少了管理者的植物园里疯狂地伸展着枝叶。

我把唱片和唱片机还有扶手椅都搬到了植物园的温室中，就像曾经的比尔·该隐那样，听着音乐，抽着烟。烟雾和音乐混杂在一起，飘散在树木间，甚至沿着那些植物伸出温室外的枝叶，飘向远方。光斑透过树顶洒满了地面。四周的风就如同植物的吐息一般。我被一种世间万物融为一体的温柔感觉包裹住，突然变得很想哭。

那是一个寒冷的冬天，我为了大麻再次拜访温室，却看到扶手椅上放着一个包裹，不知道是谁送来的。我根本不知道这座植物园还有除我以外的人出入。包裹正好是一张黑胶唱片的厚薄大小，被仔细地用纸包好，上面还封着血红色的蜡。蜡上的标志令我眼熟。我谨慎地打开包裹，里面包着的正是一张唱片。标签上什么都没写，但附着一张信纸，是那个音乐会的招待券。“致亲爱的……”上面写着我的名字。我试着播放那张唱片。垂在圆盘表面的针头犹如芭蕾舞演员一般。唱片里灌制了弦乐器的音色，扣人心弦的旋律。我听到有个女声混在弦乐器的音色之间，像是呻吟的声音，又像是快乐地扭动身体的声音。我明白过来，那是夏娃·玛丽·克罗斯的声音。

作者简介

乙一

1996年凭借获第六届JUMP小说·非小说大奖的作品《夏天·烟火·我的尸体》出道。

著有《GOTH断掌事件》《ZOO》《箱庭图书馆》《我所创造的怪物》等多部作品。

中田永一

2005年凭借《百濑，朝向这边》出道。

著有《吉祥寺的朝日奈君》《唇上之歌》《如空气般不存在的我》，并与中村航合著有《我不会写小说》。

山白朝子

2005年凭借《漫长旅途的开始》出道。

作品主要刊载于怪谈专门志《幽》。著有《献给死者的音乐》《胚胎奇谭》。

越前魔太郎

登场于 2010 年 8 月 21 日上映的电影《NECK》中的架空作家。

作为电影上映的宣传企划，同年于讲谈社 Novels、电击文库、MediaWorks 文库发表《魔界侦探 冥王星 O》系列。

本身是由多名写手打造的匿名作家，本书中《夏娃·玛丽·克罗斯》的作者，同样也是《冥王星 O 小提琴 V》的作者。

安达宽高

1978 年生。福冈县人。兴趣是创作小说、鉴赏电影和听广播。

曾经以枕木忧士的名义投稿电影评论文章。

图书在版编目（CIP）数据

杀死玛丽苏 /（日）乙一等著；赵婉宁译 .—北京：北京联合出版公司，2019.7（2021.3 重印）

ISBN 978-7-5596-3278-4

Ⅰ . ①杀… Ⅱ . ①乙… ②赵… Ⅲ . ①短篇小说－小说集－日本－现代 Ⅳ . ① I313.45

中国版本图书馆 CIP 数据核字（2019）第 100381 号

著作权合同登记 图字：01-2019-3129 号

杀死玛丽苏

作　　者：〔日〕乙一等

译　　者：赵婉宁

责任编辑：杨　青　高霁月

北京联合出版公司出版

（北京市西城区德外大街 83 号楼 9 层　100088）

嘉业印刷（天津）有限公司印刷　新华书店经销

字数：182 千字　880 毫米 ×1230 毫米　1/32　印张：8.25

2019 年 7 月第 1 版　2021 年 3 月第 7 次印刷

ISBN 978-7-5596-3278-4

定价：42.00 元

如发现图书质量问题，可联系调换。质量投诉电话：010-82069336